Dietmar Sous

Abschied
vom Mittelstürmer

Roman

Rotbuch Verlag

Die Deutsche Bibliothek - CIP-Einheitsaufnahme

Sous, Dietmar:
Abschied vom Mittelstürmer : Roman / Dietmar Sous. -
Hamburg : Rotbuch Verlag, 1997
ISBN 3-88022-592-3

1. Auflage 1997
© Rotbuch Verlag, Hamburg
Umschlaggestaltung: Groothuis + Malsy, Bremen
Herstellung: Das Herstellungsbüro, Hamburg
Satz: H & G Herstellung, Hamburg
Druck und Bindung: Clausen & Bosse, Leck
Printed in Germany
Alle Rechte vorbehalten
ISBN 3-88022-592-3

Inhalt

Das Ende

Am achten Mai 1945 stand ich, nicht einmal achtzehn Jahre alt, auf unsicherem tschechischen Boden, in der Elbe bei Tetschen, ungefähr auf halber Strecke zwischen Dresden und Prag. Der Feind war im Anmarsch. Seine Panzer tanzten im schnellen Vorwärtsgang über letzte Hindernisse, Wodkagesänge klangen nach kurzem Prozeß und Sibirien. Alle Brücken waren gesprengt, weit und breit keine Fähre, und ich konnte nicht schwimmen. Meine Kameraden warfen ihren Karabiner weg, sprangen in den Fluß und retteten sich ans andere, knapp hundert Meter entfernte Ufer zum Städtchen Bodenbach; dort, hieß es, warteten Last- und Pferdewagen, vielleicht sogar Züge, die nach Westen fuhren, den Amis entgegen, heimwärts.

Obwohl mir die Elbe nur bis zu den Knien reichte, flatterte ich wie ein Ertrinkender. Ich schrie, um mir Mut zu machen. Bei meiner Torwartgröße und mit etwas Glück müßte es mir doch gelingen, den Fluß zu durchwaten. Ich wagte mich einen halben Schritt vor, da war kein Boden mehr, der Stahlhelm rutschte mir vor die Augen, ich verlor das Gleichgewicht und fiel, wie der Endsieg, ins Wasser. Es war Dienstagnachmittag gegen zwei, die Sonne schien, unpassend zum doppelten Untergang. Ich wehrte mich mit Boxhieben und Fußtritten, aber meine Nahkampfausbildung machte sich nicht bezahlt. Die Elbe wischte meinen Angstschweiß ab und gab mir reichlich zu trinken.

Wasser ist nie mein Element gewesen, meine Angst davor ist angeboren. Ich mißtraue Wolkenbrüchen und Tauwetter. Ich nehme niemals ein Vollbad. Ich wohne in einer Gegend, in der Überschwemmungen nicht vorkommen. Das Meer kenne ich nur vom Hörensagen. Einmal ließ ich mich nach dem zehnten Glas auf ein Rheinschiff nötigen. Bei erster Gelegenheit ging ich, einem Kreislaufkollaps nahe, von Bord.

Mein Leben nach dem Tod begann mit Schüttelfrost und Atemnot. Ich lag im Ufergras, keuchte, hustete und spuckte, nieste, bis meine Nase blutete. Ein Soldat, naß wie ich, doch ohne Anzeichen von Erschöpfung, schrie mit starkem französischem Akzent: Aufstehen! Mitkommen!

Ich schüttelte den Kopf. Die Sonne wärmte mich, ich fühlte meinen Neunmonatsbauch, würde in Kürze einen Nebenfluß gebären. Die nahen russischen Panzer waren mir gleichgültig. Ich wollte nur schlafen.

Die Stiefelspitze meines Lebensretters traf mich

in den Magen, brachte mich fast um. Er trieb mich zu einem mit Tarnnetzen verhängten Mannschaftswagen, im Laufschritt erbrach ich viele Liter Elbwasser. Kaum war ich auf die von einer olivgrünen Stoffplane umhüllte Ladefläche geklettert, fuhr der Wagen mit Autobahngeschwindigkeit über Kuhwege und Schleichpfade. Ich klammerte mich mit beiden Händen an eine große Metallkiste. Es dauerte, bis sich meine wäßrigen Augen an das Halbdunkel unter der Plane gewöhnt hatten. Allmählich erkannte ich hochgestapelte Munitionskisten und neun oder zehn dicht aneinandergedrängte Soldaten. Ihre Gesichter waren geschwärzt, auf Stahlhelmen wuchsen Maiglöckchen und Tannenzweige. Gefüllte Patronengurte hingen wie Schmuckstücke um Hälse und Bäuche.

Wir fahren nach Hause, ja?

Die Soldaten sahen durch mich hindurch, unerbittliche, stahlharte Wochenschaugesichter.

Der Krieg ist doch aus, oder?

Wir sind Widerstandskämpfer, sagte Major Merck-Oldendorff. Wir geben die Waffe nicht aus der Hand. Andere Kameraden werden unserem Beispiel folgen. Deutschland darf nicht untergehen. Wir werden siegen. Wir werden unsere Feinde vernichten. Der Major redete ohne Ausrufezeichen, ein Nachrichtensprecher, der den Wasserstandsbericht verlas, die geröteten Augen halb geschlossen, geblendet von einer glänzenden Zukunft.

Merck-Oldendorff war Oberbefehlshaber über ein Heer von zehn Mann, acht Franzosen und zwei Deutsche. Die Franzosen hatten freiwillig auf deutscher Seite gekämpft. Diese Pechvögel hatten es nicht eilig, nach Hause zu kommen. Es war ihnen strengstens untersagt, französisch zu sprechen. Selbst im Schlaf nicht, schärfte ihnen Leutnant von Schlütz, die rechte Hand des Majors, mehrmals täglich ein.

Ein verlassenes, von einer großen Wiese umgebenes Haus wurde besetzt. Wir besichtigten feuchte, rissige Wände, Müllmöbel und ein verdrecktes, von Fliegen und Spinnen bewohntes Klo. Das Brunnenwasser roch nach Jauche. Der Major ließ auf dem Dach, das den nächsten Sturm nicht überstehen würde, die Hakenkreuzfahne hissen, um aller Welt zu zeigen, wer hier Herr im Haus war. Es lag strategisch günstig auf einer Anhöhe, an deren Fuß eine von Panzerketten zerpflügte breite Straße vorbeiführte. Nach den Berechnungen der beiden Offiziere war noch vor Einbruch der Dunkelheit mit Feindberührung zu rechnen. Der Dritte Weltkrieg würde am Ortseingang von Tetschen beginnen, und ich durfte dabeisein.

Die MG-Schützen gruben sich ein, Leutnant von

Schlütz hängte sich ein Fernglas um und suchte den Horizont ab. Vergeblich hatte ich gehofft, meine Sachen in der Sonne trocknen zu können. Ich mußte Panzerfäuste schleppen, Handgranaten und Schnapsfäßchen. Leise fluchte ich vor mich hin. Der Major hatte gute Ohren. Er winkte mich zu sich. Was quatschen Sie da? Versteht ja kein Mensch. Wo kommen Sie her?

Rheinland, Herr Major.

Merck-Oldendorff verzog angewidert sein stoppelbärtiges Gesicht. Rheinländer! rief von Schlütz, ohne das Fernglas abzusetzen. Besser, wir hätten den Kerl absaufen lassen.

Der Major nickte.

Die kennen kein Vaterland, fuhr von Schlütz fort. Weil das Mischlinge sind. Italiener, Franzmänner, Polacken sogar, alle hatten die ihren Schwanz im Loch. Der Jude natürlich auch.

Ich stand still und stramm.

Wenn Sie fertig sind mit Munitionschleppen, sagte der Major zu mir, kümmern Sie sich um das Scheißhaus. Sieht ja aus wie'n Russenpuff. Ich will, daß die Bude glänzt wie neu. Haben wir uns verstanden, Rheinländer?

Die Russen erwiesen sich als echte Spielverderber. Sie kamen einfach nicht. Stundenlang beugten sich

Major und Leutnant über Landkarten, mangels Zigaretten Grashalme im Mund, zirkelten Kreise, zeichneten bajonettspitze Pfeile und spähten durchs Fernglas. Sie suchten den Tod, fanden ihn nicht. In der Hinsicht hatten zwei ihrer Untergebenen mehr Erfolg. Bei der Verminung der Straße brachten sie sich versehentlich selbst zur Explosion.

Sonst blieb alles ruhig. Leutnant von Schlütz sprach unablässig von der Ruhe vor dem Sturm. Wir aßen faulige Kartoffeln, tranken Pfützenwasser und Schnaps, hielten, die Waffe im Anschlag, mit wundgestarrten Augen Ausschau. Aus Übereifer oder Nervosität wurde häufig falscher Alarm gegeben, vor allem nachts. Wir feuerten Schüsse ab, für die niemand Verwendung hatte. Nach ein paar Minuten blies der Major auf seiner Trillerpfeife den einseitigen Kampf ab. Fehlalarm, die Stunde X ließ sich Zeit. Freizügige Fotos, die einer der Franzosen auf dem Dachboden zwischen Bibelseiten entdeckt hatte, wurden dem Finder aus den Händen gerissen und sorgten für Aufregung. Auch die Bibel war von Nutzen. Aus getrockneten Blättern, Heu und dem Neuen Testament drehten wir Zigaretten, die nach Weihrauch rochen.

Am fünfzehnten Mai, einem heißen, wolkenlosen Frühsommertag, waren meine Sachen endlich trocken.

Verbrannte Erde unter einem rostbraunen Himmel. Den Ausflug durchs menschenleere Tetschen hatte von Schlütz mir eingebrockt. Der Rheinländer ist uns noch was schuldig, hatte er gesagt. Der Befehl lautete: Beschaffung von Lebensmitteln. Die Kartoffeln waren uns fast ausgegangen. Der Soldat, der mich aus der Elbe gezogen hatte, begleitete mich. Damit der Meisterschwimmer nicht auf krumme Gedanken kommt, sagte der Leutnant. Ich verstand: auf der Flucht erschossen.

Wie heißt du? fragte ich meinen französischen Waffenbruder. Soldat, antwortete er. Leicht geduckt, den Karabiner schußbereit, stürmte er voran durch die Geistergegend. Ich hatte Mühe, ihm zu folgen.

Im Vorgarten eines Hauswracks fand ich einen Lederball, der kaum noch Luft hatte. Wenn man ihn lange genug kochte, würde er weich und vielleicht genießbar werden. In Abenteuergeschichten ernährten sich die Helden oft von Gerichten, die auf keiner Speisekarte standen: Schuhsohlenschnitzel, Klapperschlangenpüree. Ich klemmte den erschlafften Ball unter den Arm. Warum nicht Fußballragout?

Wir fanden erkaltete Feuerstellen, dicht an dicht. Papageien- und Pfauenfedern lagen wild verstreut, Zebrahäute, Pferdeschwänze, Wolfsschnauzen und

Schweinsohren. Verwesende Innereien, schwarz von Fliegen, stanken zum Himmel. Den Zoo von Tetschen gab es nicht mehr, er war aufgegessen worden. Mit brüllendem Magen durchwühlten wir Abfallberge: Knochen jeder Form und Größe, sauber abgenagt, kein Gramm Fleisch fiel für uns ab. Ich raufte mir die verlausten Haare, Tränen liefen mir über die eingefallenen Wangen. Der einzige Überlebende des Schlachtfestes brachte mich mit einem Trompetensolo wieder zur Vernunft. So hatte ich mir immer Negerjazz vorgestellt.

Der Käfig befand sich in der Nähe des Affenfelsens, überall abgeschnittene Köpfe und Hinterteile. Mein Begleiter schluchzte.

Wir knallen das Vieh ab, rief ich. Verpflegung für eine ganze Armee!

Der Franzose schüttelte heftig den Kopf und richtete seine Waffe auf mich. Er nahm mir den Karabiner ab, die Handgranaten und sogar mein Messer. Den Ball durfte ich behalten. Ich verstand die Welt nicht mehr. Bewundernde Blicke streichelten die dicke Haut, strengstens verbotene französische Koseworte schmeichelten riesigen Fächerohren. Die Tierliebe meines Kameraden grenzte an Fanatismus: Er verschenkte unseren gesamten Reiseproviant. Der Gefangene, offenbar ein Feinschmecker, zertrat die beiden halbgaren Kartoffeln wie Zigarettenkippen. Ein schlechtes Zeichen, das der Franzose nicht zur Kenntnis nahm. Er zerschoß den Käfigriegel und öffnete das schwere Gittertor.

Der Befreite war von der wenig sentimentalen Sorte. Dankbarkeit war ihm fremd. Er setzte seinen Rüssel als Lasso und Peitsche ein. Mein Kamerad wich stolpernd einem Hieb aus und verlor dabei die beiden Gewehre, die Handgranaten kullerten auf einen riesigen Scheißhaufen zu. Ich rannte los, die morschen Stiefel prasselten, knapp hinter mir Schreckensschreie in französischer Sprache. Unser Verfolger wirbelte Unmengen Staub auf, feuerte sich mit haßerfüllten Mißtönen an, sein Rüssel: eine Würgeschlange. Wir liefen durch ein Trümmerfeld, zementgrau mit ziegelroten Klecksen. Seitenstiche, meine Lunge brannte, nie mehr diese gotteslästerlichen Heuzigaretten. Ich hatte Holzbeine, Bleifüße. Der Franzose schrie nach seiner Mutter, dann nur noch gurgelnde Laute. Wenige Meter von mir entfernt wurde der Tierfreund wie Straßenbelag plattgewalzt. Der Mörder blies die Siegesfanfare.

Meine Beine waren wie ausgewechselt. Jesse Owens, der vierfache Olympiasieger, wäre weiß vor Neid geworden, hätte er mich dahinfliegen sehen. Dennoch schmolz mein zunächst beträchtlicher Vorsprung — der Verfolger hatte seine vielen

15

Zentner mittlerweile auf Höchstgeschwindigkeit gebracht. Ich spürte die blutgetränkte Rüsselspitze schon im Nacken. Mit letzter Kraft warf ich mich über die Ziellinie. Auf meine Kameraden, die MG-Schützen, war Verlaß. Froh, endlich loslegen zu dürfen, eröffneten sie das Feuer auf den Feind.

Wir lagerten auf der Wiese vor dem Haus, hockten mit roten Gesichtern um den Grill herum, bissen uns die Zähne aus, reizten unsere Schrumpfmägen bis zum Erbrechen, rülpsten, stöhnten, stopften nach, volksempfängergroße Portionen. Mit vollem Mund berichtete ich vom tragischen Abgang meines Lebensretters. C'est la guerre, sagte Leutnant von Schlütz und schenkte den französischen Freiwilligen sein schönstes Lächeln.

Major Merck-Oldendorff kramte umständlich ein EK 1 aus der Gesäßtasche und verlieh es mir. Das Gewehr im Präsentiergriff, standen alle still. Solange es Männer wie Sie gibt, sagte der Major lustlos, mit dem Zeigefinger zwischen den Zähnen bohrend, ist Deutschland nicht verloren.

Ich war stolz, das muß ich zugeben.

Wenn ich unseren Helden dann zu einem kleinen Umtrunk bitten dürfte, sagte der Leutnant.

Das Offizierskasino, gleichzeitig von Schlütz' Schlafraum, war ein ehemaliges Kinderzimmer.

Nicht viel erinnerte daran, zwei Schutzengelbildchen hinter zersprungenem Glas, in einer Ecke ein paar Bauklötze. Die Möbel waren als Brennmaterial für den Grill draufgegangen. Der Leutnant mußte auf dem nackten Holzfußboden schlafen. Für ein altes Frontschwein wie mich eine Wohltat, sagte er.

Wir tranken im Stehen. Nach dem ersten Glas verabschiedete sich Merck-Oldendorff. Der Herr Major ist seit Monaten nicht gut in Schuß, raunte mir von Schlütz zu. Kann man verstehen. Frau und Kinder tot, Volltreffer. Englische Bomber, dreckige Schweine.

Der Leutnant füllte unsere Gläser neu, erzählte von Polenexpreß und Frankreichblitz, eine tolle Zeit trotz schwerer Verwundung. Granatsplitter. Quasi zur Kur in einem Lager ausgeholfen. Mit dem Pack bin ich Schlitten gefahren, auch im Sommer.

Mit welchem Pack?

Schwamm drüber. Ex!

Wir tranken. Der Leutnant hauchte mein EK 1 an, polierte es sorgfältig mit seinem Taschentuch. Daß die Sache mit dem Adolf schiefgehn würde, hätte ich nie gedacht, sagte er und lächelte tapfer.

Mein Kopf stand in Flammen. Ich lallte eine Entschuldigung, rannte hinaus und kotzte in hohem Bogen. Die Franzosen johlten.

Bei meiner Rückkehr saß von Schlütz auf dem Fußboden, ein Foto in der Hand. Mit sanfter Stimme sprach er den Namen einer Frau vor sich hin, Monika, immer wieder.

Ich torkelte ins Freie.

Das Spiel dauerte vierundvierzig Minuten, und der Ball war nicht rund. Er hatte die Form einer angebissenen, saftlosen Melone. Er flog wie ein rheumakrankes Huhn, leichte Beute für jeden Torwart. Springen konnte er auch nicht, laufen nur ganz schlecht, am liebsten machte er es sich im halbhohen Gras bequem. Von seiner Kurzatmigkeit hätte er mit Hilfe einer Luftpumpe befreit werden können, aber nirgendwo war eine aufzutreiben. Nach einer halben Stunde Spielzeit stand es 0:0 zwischen Germania Endsieg und KdF Paris, obwohl Schiedsrichter von Schlütz zwei unberechtigte Strafstöße gegen die KdF-Mannschaft verhängt hatte. Elf Meter waren eine zu weite Strecke für den Ball gewesen, der französische Torwart fing ihn mit dem kleinen Finger.

Zwei Elfenbeinzähne markierten das Germania-Tor, abgelegte Uniformjacken und Unterhemden das von KdF. Paris spielte zur besseren Unterscheidung mit freiem Oberkörper. Jeder Mannschaft gehörten drei Spieler an. Zuschauer gab es keine. Der

Major machte sich nichts aus Fußball, er ging auf Beobachtungsposten.

Als ich nahe der Mittellinie über den Ball stolperte, wollte der Schiedsrichter eine Tätlichkeit gesehen haben. Er verwarnte den unbeteiligten KdF-Torwart und entschied auf Siebenmeter. Da alle Regeln sowieso mit Füßen getreten wurden, mißachtete ich das ungeschriebene Gesetz, wonach der Gefoulte niemals selbst den Strafstoß ausführen soll. Ich schoß zwei Meter neben das Tor. 1:0! jubelte und trillerte der Schiedsrichter. Der Torwart legte vorsichtig Protest ein. Er wurde des Feldes verwiesen. Jetzt aber! Macht die Franzmänner fertig! rief der Schiedsrichter mir und meinen beiden französischen Mannschaftskameraden zu. Von einem Freundschaftsspiel konnte keine Rede mehr sein. Auch ohne Ball wurde getreten, Schien- und Nasenbeine nahmen Schaden, Haarbüschel Reißaus. Der Schiedsrichter rammte einem KdF-Stürmer in günstiger Schußposition ein Knie in den Unterleib. Trotzdem gelang es den nicht nur zahlenmäßig geschwächten Parisern, den Ball über die Linie des Germania-Tores zu bringen. Abseits, es blieb beim 1:0.

Kurz vor Ende der ersten Halbzeit prallten zwei beim Kopfball zusammen. Der Germane kam mit einer Beule davon, sein Gegner aber lag wie tot am

Boden. Viel Blut floß. Schiedsrichter von Schlütz diagnostizierte unter anderem einen Kieferbruch. Er brach das Spiel ab und erklärte Germania Endsieg zum Sieger.

Das Abendessen (wie immer Fleisch) war für alle eine Qual. Es mundet nicht, wenn die Lippen geschwollen und die Zähne lose sind. Das Wimmern des aus der Bewußtlosigkeit Erwachten schlug auf den Magen. Der Major schrie den Leutnant an, warf ihm Wehrkraftzersetzung, Verstümmelung, ja völlige Dezimierung der Truppe vor. Das wird ein Nachspiel haben vor dem Kriegsgericht!

Leutnant von Schlütz hatte für den Schwerverletzten eigenhändig ein Bett aus leeren Kartoffelsäcken und Heu gebaut, seinen Wintermantel als Decke zur Verfügung gestellt. Der eingeflößte Schnaps tat nur kurze Zeit seine Pflicht. Inzwischen war aus unterdrücktem Wehklagen ununterbrochenes Folterkammergeschrei geworden. Merck-Oldendorff schleuderte ein großes Stück Fleisch ins Feuer. Los, tun Sie was, bellte er von Schlütz an. Sorgen Sie für Ruhe!

Zu Befehl, Herr Major, erwiderte der Leutnant unterwürfig. Er eilte ins Haus, wenig später hörten wir einen Schuß.

Drei Tage, nachdem Leutnant von Schlütz abgereist und die französischen Waffenbrüder von uns gegangen waren, kamen die Russen.

Der Major hatte bis Mittag im versifften Ehebett unserer Vormieter gelegen. Barfuß und im schmutzigen Unterhemd saß er in der Sonne, fegte Landkarten, über die er wochenlang gebrütet hatte, vom dreibeinigen Tisch, frühstückte ohne Begeisterung ein kaltes, tellergroßes Stück Fleisch und begann dann, von Blähungen und Aufstoßen geplagt, mit verschlafenen Bewegungen Zahnstocher und plumpe Figürchen aus Elfenbein zu schnitzen. Ich lag auf der Wiese, die geplatzten Schwielen an meinen Händen eiterten. Zwei Tage hatte ich für das Fünfpersonengrab gebraucht. Da war ein fremdes Geräusch, ich lauschte angespannt. Wespen flogen vorbei, das Brummen und Rumoren blieb, es nahm stetig zu.

Sie sind da! schrie ich aufgeregt wie ein Schuljunge, der den ganzen Tag auf die spendierfreudige Verwandtschaft gewartet hat. Der Major spuckte einen Zahnstocher aus und erhob sich ungewohnt schnell. Seine Augen hellwach. Her mit meiner Uniform und den Stiefeln! Die verdammte Fahne vom Dach! Los, mach schon, Rheinländer!

Leck mich am Arsch, sagte ich.

Hier stinkt's gewaltig nach Meuterei, hatte der

Major drei Tage zuvor gesagt. Die zwei übriggebliebenen KdF-Spieler waren aufgebracht gewesen über von Schlütz' Methode, ihren Mannschaftskameraden von seinen Schmerzen zu erlösen. Heiser vor Wut redeten sie in ihrer verbotenen Sprache auf die beiden verbeulten Germania-Franzosen ein. Hände zeichneten dicke Punkte und Schlußstriche in die Luft. Die Germania-Spieler antworteten auf deutsch: Nein. Die Lage spitzte sich zu, als Leutnant von Schlütz aus dem Haus zurückkam, sich wie selbstverständlich ans Feuer setzte und heißhungrig in sein Steak biß. Die Schießerei dauerte nicht lange. Unsere französischen Waffenbrüder brachten sich gegenseitig um.

Der Major versprach, mich vors Standgericht zu bringen, während er auf dem heruntergekommenen Dach des Hauses die Hakenkreuzfahne gegen ein ehemals weißes Bettlaken austauschte. Ich stand in einem Schützengraben, den Karabiner gefechtsbereit. Mein EK 1 hatte ich in den Brunnen geworfen. Der Feind und das Ende waren nah. Ich hörte Rufe aus rauhen Untermenschenkehlen, dann einen Schrei: Major Merck-Oldendorff war abgestürzt. Er starb wie ein Filmsoldat: mit einem Fluch auf den Lippen.

Good luck, boys, bye-bye, waren die letzten Worte des Leutnants gewesen. Mit staubigem, leicht schlappen Hut, ausgebeultem Trenchcoat und umgehängtem Fernglas hatte er ausgesehen wie eine Mischung aus Privatdetektiv und alliiertem Kriegsberichterstatter. Er hatte den Mannschaftswagen von Tarnnetzen und Plane befreit und Gas gegeben.

Keine unserer Minen ging hoch, schlampige Arbeit.

Ich war der letzte deutsche Soldat im Kriegszustand. Im September wäre ich achtzehn Jahre alt geworden. Ich würde keine Glatze kriegen, keinen Bierbauch, keinen Krebs. Der Feind würde mir die Eier abreißen, mir einen Einlauf mit Salzsäure verpassen, es gab Millionen Bolschewistentricks. Bis zur letzten Patrone. Ich drehte mein Gewehr um, richtete den Lauf auf meine Stirn und drückte ab. Mein Kopf wurde rot, doch ich blutete nicht. Mir fiel ein Karnevalslied ein, es handelt davon, das Leben nicht so schwer zu nehmen. Russische Panzer rollten auf mich zu, und ich sang von kölschen Mädchen, kölschem Bier und vom schönen Rhein.

Hinter mir sang jemand mit. Ich drehte mich um. Am Rand meines Schützengrabens stand ein hochdekorierter russischer Offizier, nicht viel älter als ich.

Du bis ene kölsche Jung? fragte ich.

Jenau, du Jeck, antwortete er und schob seine

Hammer-und-Sichel-Mütze in den Nacken. Minge Bab is vun Ihrefeld, ming Mamm kütt us Sülz. Isch bin d'r Breidenbachs Jupp. Tach zesamme.

Dat jit et nit, rief ich. Ich schleuderte meinen Karabiner aus dem Graben. Damit beendete ich den Zweiten Weltkrieg auf europäischem Boden. Es war Sonntag, der 27. Mai, exakt um – ich sah auf meine Taschenuhr – 12 Uhr 58.

Nie widder Kriesch, sagte Breidenbachs Jupp feierlich.

Seine Eltern waren Mitte der dreißiger Jahre in die Sowjetunion geflohen, erzählte er mir beim Wodka. Ich packte meine Widerstandskämpfergeschichte aus. Es wurde ein langer Tag. Jupps Männer schlugen sich den Bauch mit zähem Elefantenbraten voll und tranken viele Flaschen leer. Um Mitternacht brachten sie mir russische Tänze bei.

Höchstpersönlich fuhr Jupp mich am nächsten Morgen über eine von Pionieren errichtete, behelfsmäßige Elbbrücke.

Seitdem schicke ich jedes Jahr Ende Mai einen gutverpackten Kasten Kölsch nach Orjechowo-Sujewo. Jupp schreibt mir regelmäßig zu Karneval.

Ulla

Hein Schnitzler, Inhaber der Gaststätte *Bei Hein*, fährt sich mit beiden Händen durchs Gesicht, Stoppelfeld und Nachtschatten, bevor er das Radio einschaltet. Es steht am Ende des Tresens, mit dem Rücken zur Wand, an der das Werbeschild für *Gold Dollar*-Zigaretten hängt, 3 1/2 Pfennige das Stück. Heins Frau hat die glatte Kopfhaut des Radios wieder als Ablage für Häkeldeckchen, Blumenväschen und Kirmesfigürchen mißbraucht, obwohl sie ganz genau weiß, daß Hein keinen Nippeskram auf dem Gerät duldet. Ist schlecht für den Klang, das Zeug vibriert. Schluß damit, endgültig. Im Mülleimer ist jede Menge Platz.

Inzwischen hat das grüne Radioauge, aus dem Sonntagsschlaf gerissen, böse zu zwinkern angefangen. Halbherzig leuchtet die Senderskala auf, NWDR, Hilversum, Vatikan, lungenkrankes Pfeifen, Knacken voller Trotz. Hein ermuntert, lockt. Komm schon, altes Mädchen. Er streichelt die Stoffbespannung des Lautsprechers, umspielt den gerillten Wählknopf, die Seitenwände aus dunklem, gemasertem Holz. Ein Stäubchen, das sich auf der Langwellentaste niedergelassen hat, wird sanft weggepustet, beschwichtigendes Tätscheln.

Die Innereien des Radios knurren, dann ein langgezogener, nicht enden wollender Furz, geruchsfrei zwar, aber aufsässig, höhnisch, obszön. Abrupt bricht Hein alle Annäherungsversuche ab. Seine Hände, eben noch zärtlichkeitsspendende Samtpfötchen, werden zu Panzerfäusten, weiche Lippen versteinern und sprechen eine letzte Warnung vor der Kriegserklärung aus. Das Zyklopenauge zwinkert unbeeindruckt, giftgrün, die Senderskala verdunkelt sich, abschreckendes Alarmgeheul, der Kasten wütet, dampft.

Hein schlägt mit aller Kraft zu, bis der Widerstand gebrochen, die Auslandsleitung nicht länger verstopft ist. Hier ist die Schweiz, hier ist Basel! Der Reporter ruft allen in der Heimat einen herzlichen Gruß zu. Er räuspert sich, mit einem Mal ist nichts Forsches, Aufgedrehtes mehr in seiner Stimme, sie klingt brüchig, beleidigt und verletzt, als hätten Heins Schläge auch ihm, dem Radiomann, gegolten. Die deutschen Landsleute in der Ostzone werden besonders gegrüßt, in Schlesien und Hinterpommern, im Saarland und überall, wo ein deutsches Herz schlägt. Amen, sagt Hein und kippt einen Korn. Nach feierlichem Wellenrauschen meldet sich der Reporter guterholt und mit neuem Schwung zurück. Er berichtet von einem ausverkauften St. Jakob-Stadion, mindestens dreißigtausend Deutsche unter den fünfundfünfzigtausend Zuschauern, die das Achtelfinalspiel der deutschen Elf gegen Ungarn, den hohen Favoriten beim Kampf um die Fußballweltmeisterschaft, sehen wollen. Die treuen deutschen Schlachtenbummler haben alle erdenklichen Strapazen auf sich genommen. Viele haben schon am Vortag die Grenzübergangsstellen passiert und im Freien übernachtet, weil kein Quartier mehr zu erhalten war. Stundenlang haben sie seit dem frühen Morgen vor den Kassenhäuschen gestanden und ihr gutes Geld hergegeben, voller Hoffnung, voller Vorfreude. Unsere deutsche Elf gegen die wilden Pußta-Söhne, David gegen Goliath! Ob es eine Überraschung geben wird?

Auf jeden Fall wird es zur Feier des Tages gute Butter und Bohnenkaffee geben, Streuselkuchen, Kartoffelsalat und Schinkenwurstschnittchen. Dazu zwei Flaschen Vorkriegswein, Bier und Schnaps ohne Ende. Und möglicherweise ein Problem: die siebzehnstufige Treppe, die vom Schankraum, dem Ort des Wiedersehensfestes, zur Privatwohnung führt. Zu steil für Ulli, den Ehrengast. Ohne fremde Hilfe könnte es gefährlich werden. Und Ulli hat sich noch nie helfen lassen.

Ärgerlich, daß das Kneipenklo ausgerechnet heute renoviert wird, aber vor drei Tagen, als Hein die Absprachen mit den Handwerkern getroffen hat, hatte niemand den verlorenen Freund auf der Rechnung. Seit halb zwei, kurz nachdem Hein die letzten, verdrossen ihren ungestillten Durst beklagenden Frühschoppengäste mit Nachdruck ins Freie geschoben hatte, gehen ein Fliesenleger, ein Klempner und ein Handlanger für Schwarzgeld gegen Schimmelwände und von ungezählten Notdurften gezeichnete Becken und Schüsseln vor. Die Festteilnehmer müssen also Schnitzlers Privattoilette benutzen, und die ist nur über die Treppe zu erreichen. Hoffentlich hat Ulli keine schwache Blase, keinen nervösen Darm. Zuzutrauen wären ihm diese und andere Gebrechen, so wie der neuerdings gebaut ist.

Zehn Jahre war Ulli spurlos verschwunden. Gestern stand er plötzlich vor Heins Tür, einen vom Regen aufgeweichten Pappkarton in der Hand, sein Blick: düster und lauernd. Haut und Knochen, schief und krumm. Kaum noch Zähne, ein paar abgezählte Haare. Ein Greis mit achtundzwanzig, ein Pflegefall für seine Frau, die arme Grit. Ganz behutsam umarmte Hein den Spätheimkehrer, aus Sorge, der Vogelscheuche Rippen und Arme zu brechen. Grit hatte recht behalten: Sie hatte sich geweigert, Ulli für tot erklären zu lassen, auch wenn alle sie deswegen für verrückt hielten.

Die Nationalhymnen sind verklungen. Der englische Schiedsrichter winkt die beiden Mannschaftsführer zu sich. Der Ungar Puskas hat die Seitenwahl gewonnen und entscheidet sich für die Sonne im Rücken. Unsere Elf spielt von rechts nach links. Schiedsrichter Ling gibt den Ball frei! Sonntag, 20. Juni 1954, 16 Uhr 55! Das Weltmeisterschaftsspiel zwischen Deutschland und Ungarn hat begonnen! Deutschland erkämpft sich den Ball. Fritz Walter gibt nach rechts zu Rahn. Rahn! Rahn! Knapp übers Tor, knapp! Ein Blitzstart der deutschen Mannschaft. Mein Gott, wer hätte das gedacht!

Hein kann nicht ruhig sitzen. Er tigert hin und her, beugt sich über den gedeckten Tisch, kontrolliert die weiße Decke, den Rand der Kaffeetassen. Alles tipptopp.

Vierte Minute, Tor für Ungarn! Schwerer Fehler unseres Ersatzkeepers Kwiatkowski. Er hat einen hohen Ball unterlaufen, und kaltblütig schiebt Kocsis das Leder ins deutsche Tor.

Stell den Kasten leiser, ich hab Kopfweh, sagt Heins Frau.

Nimm ne Tablette.

Deine Gäste lassen dich wohl warten.

Sind auch deine Gäste.

Was du nicht sagst.

Die Handwerker hämmern und poltern. Heins

Frau kämpft mit einem Handtuch gegen eine Staubwolke. Hein geht nach draußen, hält Ausschau. Es riecht nach frischgemähtem Gras. Der Wind spielt mit Zeitungsblättern. *Plant Sowjetrußland Atomangriff?* Auf der Bank vor dem Fachwerkhaus gegenüber sitzt ein alter Mann in der frühjahrsmüden Sonne und lächelt binsenweise. Sein grauer Sohn starrt in den Himmel, wie jeden Sonntag sind seine Tauben auf Tournee.

Mit hustendem Motor fährt Walter Huppertz vor. Obwohl er gleich um die Ecke wohnt, hat er nicht auf seinen Lloyd verzichten können. Huppertz ist Amtmann, ein mittelgroßes Tier. Er hat Hein vor der Gewerbeaufsicht gewarnt. Unangemeldete Inspektion von öffentlich genutzten Toiletten, pipapo. Sieh zu, daß du den Schweinestall schleunigst in Ordnung bringst! Sonst bist du die Konzession los.

Danke, Walter. Du bist ein prima Kerl!

Eine Hand wäscht die andere. Bei den Landtagswahlen am siebenundzwanzigsten wählst du CDU.

Tut mir leid, Walter. Ich muß die Kommunisten wählen. Das hab ich meinem Freund und Retter Jupp aus Orjechowo-Sujewo hoch und heilig versprochen. Mußt du verstehn.

Huppertz streicht liebevoll über den rechten Kotflügel des Lloyds, glättet dann seine senffarbenen Knickerbocker. Ist Ulli schon da? fragt er mit Beerdigungsmiene.

Damals, vor zehn, zwölf Jahren, hätte Ulli nur mit den Fingern zu schnippen brauchen, und der gesamte BdM hätte dem Führer den Laufpaß gegeben. Breitschultrig, Gang wie eine Raubkatze, Feueraugen, die zündeten. Der Kußmund Ortsgespräch. Sein Lächeln. Ungebändigte Haare, länger als erlaubt — eine Mischung aus Winnetou und Hans Albers, das war Ulli. Daß er es auf Grit abgesehen hatte, konnte anfangs keiner verstehen. Grit war hübsch, aber eigentlich eine blasse Figur. Milchhäutig selbst im strengsten Sommer, wegen eines Herzfehlers vom Sportunterricht und allen anderen Vergnügungen befreit, bis Ulli sie wachküßte. Grit fing das Rauchen an, färbte ihr arisches Engelshaar höllenschwarz, wagte sich sogar in Männerhosen vor die Tür, wie ne Räuberbraut.

Ulli war der Anführer einer Bande, die sich Kirmesjungs nannte, Hein seine rechte Hand. Huppertz war eher sein Blinddarm, nicht mal zum Schmierestehn zu gebrauchen. Doch seine Schrotflinte sah gefährlich aus. Schon als Fünfjährige hatten die drei Frösche aufgeblasen und zum Platzen gebracht und Steine auf Eisenbahnschienen gelegt.

Die Kirmesjungs, ungefähr ein Dutzend Ju-

31

gendliche, kamen alle aus Lichtenstein. Sie suchten Streit, Angst und Schrecken, mit Vorliebe auf Volksfesten in den Nachbarorten. Fündig wurden sie immer. Denn Feind war jeder, der kein Lichtensteiner war. Ihrer Partisanentaktik — aus heiterem Himmel maskiert auftauchen, wahllos und hart zuschlagen, untertauchen — waren gestandene Ordnungskräfte nicht gewachsen. Gnadenlos ausmerzen, diese Volksschädlinge! kreischte eines Tages ein fronterfahrener Dorfpolizist, Nase im Senf, geplatzte Bockwurst im Ohr. Zustände wie auf dem Balkan! Die Kirmesjungs benannten sich in Balkanesen um.

Alles ging gut bis zur Herbstkirmes in Hallberg, der größten Ortschaft im Kreis. Hein, wie immer vor einem Kampfeinsatz als Kundschafter am noch ruhigen Ort des Geschehens, hatte Gerüchte vernommen von Hinterhalt, Am-Pranger-Stehen und KZ und dazu geraten, die Aktion abzublasen. Mit einer gebieterischen Handbewegung hatte Ulli ihn zum Schweigen gebracht. Balkanesen kennen keine Feigheit vor dem Feind!

Hinter Losbuden und Kettenkarussell: Polizei und eine Hitlerjungenarmee, aus der ganzen Gegend rekrutiert, bewaffnet mit Schlagringen und Eisenstangen. Kurz nachdem die Falle zugeschnappt war, erste Rippen krachten und Gesichter matschig wurden, geschah ein Wunder: Vom Himmel fielen englische Bomben. Unter den Rummelplatzbesuchern, die auf der Strecke blieben, waren auch drei Balkanesen; der Rest nutzte die Gunst der Stunde zur Flucht.

Ab diesem Tag gab es keine Kirmes mehr, nur noch den totalen Krieg. Die Balkanesen hielten sich in Form, indem sie Prozessionen bekennender Katholiken mit Steinen bewarfen. Hin und wieder nahmen sie am Ortseingang von Lichtenstein Wegzoll, dabei fiel ihnen ein Karton mit zwanzig Paar schwarz-blau gestreifter Socken in die Hände, die wurden zu ihrem Erkennungszeichen.

Im Sommer vierundvierzig, als es Einberufungen hagelte, gingen die Balkanesen unbesiegt auseinander. Ulli heiratete im Laufschritt Grit, Hein und Huppertz waren, obwohl minderjährig, ihre Trauzeugen; der ausgebombte Standesbeamte nahm es nicht mehr so genau. Hein hatte Sekt organisiert, den tranken sie auf dem Bahnsteig aus der Flasche. Grit, die Flakhelferinnenuniform war ihr Brautkleid, weinte so sehr, daß Bräutigam und Trauzeugen um das fehlerhafte Herz bangten. Es brach mit Getöse, zersprang aber nicht. Dann fuhr der Zug mit Ulli, Hein und Huppertz los nach Osten.

Ein unterernährtes, ausgemergeltes Kommunions-
kind — Ulli ertrinkt in seinem dunkelblauen, nach
Mottenpulver riechenden Anzug, versinkt in dem
wuchtigen Stammtischstuhl aus Eichenholz. Seit
zehn Jahren verheiratet und noch keine Hochzeitsnacht gehabt, sagt er kichernd.

Alle schweigen ergriffen. Tante Martha tupft sich
die Augen. Ullis Hände zittern unkontrolliert wie
bei fünfzig Grad unter Null. Grit, die dem Gerippe
gegenübersitzt, berührt vorsichtig eine Knochen-
hand. Messer und Gabel ruhen. In der Schweiz
schießt jemand namens Hidegkuti das 4:1 für Ungarn. Grit starrt ihren Ulli an wie einen vom Aus-
sterben bedrohten, verunstalteten Riesenkäfer. Da
sagt Heins Frau: Ulli, mach dir mal bloß keine Sorgen um Grits Hochzeitsnächte. Dein Freund Hein
hat sich intensiv darum gekümmert.

Der Zapfhahn tropft. Die Kuckucksuhr schlägt
einen warnenden Ton an. Lungenkrebsbraun die
Tapete.

War doch Ehrensache, daß ich n bißchen auf
deine Grit aufgepaßt hab, nicht wahr, Ulli? sagt
Hein gepreßt, Brandblasen auf Zunge und Lippen.
Heins Frau lacht ein spitzes Operettenlachen.
Deine Migräne, sagt Hein. Wolltest du dich nicht
hinlegen?

Tante Martha und Onkel Karl, die beiden einzigen noch lebenden Verwandten Ullis, wedeln mit Taschentüchern, weil Grit sich in Tränen aufzulösen droht. Die Handwerker hämmern. Schon wieder Hidegkuti. Sechs Deutsche hat er ausgetrickst, 5:1. Im St. Jakob-Stadion die Pfiffe der zutiefst enttäuschten deutschen Zuschauer.

Die Russen haben uns Gras und Dreck fressen lassen, sagt Ulli begeistert zu seiner schluchzenden Frau.

Ja, so eine Kriegsgefangenschaft ist kein Zuckerschlecken, sagt Huppertz, während Onkel Karl einen Berg Kartoffelsalat auf Ullis Teller schaufelt, fahrig vor Beflissenheit und ohne Rücksicht auf die weiße Tischdecke. Hau rein, Junge! Genug da, die Hungerkur ist zu Ende. Mußt schnell wieder zu Kräften kommen. Denk an die Hochzeitsnacht!

Karl! ruft Tante Martha gespielt empört und droht mit dem Zeigefinger, bevor sie sich, die Lippen interessiert gespitzt, Ulli zuwendet. Gras habt ihr zu essen bekommen? Ich dachte, in Sibirien gäb's nur Eis und Schnee und sonst gar nichts –

Doch, doch! sagt Huppertz, überschwenglich wie ein Musterschüler. Der sibirische Sommer kann ganz schön heiß werden, hab ich gelesen. Stimmt's, Ulli?

Ulli nickt eifrig, seine eingesunkenen Augen glänzen fanatisch. Wenn einer erfroren oder sonst irgendwie krepiert ist, dann haben wir den gegrillt wie n Spanferkel. Meistens hatten wir aber kein Feuer. Da haben wir das Fleisch auch roh gefressen.

Scharrende Füße. Onkel Karl schiebt angewidert seinen Kartoffelsalatteller weit von sich, holt ihn dann aber wieder zurück und ißt weiter. Die Handwerker bohren. Heins Frau legt beruhigend einen Arm um die schluchzende Grit. Verzweifelt schlagen Hein und Huppertz die Hände über den Kopf, weil Kocsis das 6:1 für Ungarn geschossen hat. Die herrische Stimme des Reporters ist längst rissig geworden. Ein Katz- und Mausspiel. Virtuose Ballkünstler, die alles beherrschen, was in der Fußballfibel überhaupt verzeichnet ist, gegen harmlose ABC-Schützen. Die Magyaren jonglieren mit einer uns lächerlich machenden Nonchalance das runde Leder. Ja, man lacht uns hier aus —

Müssen die uns so blamieren vor aller Welt? murmelt Onkel Karl. Sind wir nicht genug gestraft?

In der Mannschaft sind zuwenig Rheinländer, sagt Hein. Aber der Herberger kennt ja nur den 1. FC Kaiserslautern.

Mißtrauisch beobachtet er, wie seine Frau und Grit miteinander tuscheln.

Blut geschissen haben wir und grünen Eier gekotzt, sagt Ulli heiter, getrocknete Spucke in den Mundwinkeln. Drei Zehen sind mir weggefault —

Meinst du, wir hätten gelebt wie die Made im Speck?

Onkel Karl blickt beifallheischend alle die an, die nicht in Sibirien gewesen sind.

Irrtum, mein Lieber! Hier war doch alles kaputt. Alles! Da hieß es arbeiten, bis die Hände bluteten, Hören und Sehen ist uns vergangen —

Das grüne Radioauge funkelt wieder schadenfroh. In der Schweiz ist das 7:1 gefallen. Ich kann mir nicht vorstellen, daß diese ungarische Mannschaft nicht Weltmeister wird, sagt der Reporter mit rauher Stimme. Und man muß auch kein Prophet sein, um vorauszusehen, daß der deutsche Fußball lange, sehr lange brauchen wird, um sich von dieser Demütigung zu erholen.

An der Front haben welche von uns nem gefangenen Russen den Kopf abgeschnitten und damit Fußball gespielt —

Ulli, morgen früh kommst du zu mir aufs Amt, unterbricht Huppertz und reibt tatkräftig seine Hände. Wegen der Spätheimkehrerprämie. Kannst dich auf n hübsches Sümmchen freuen. Viel Papierkram allerdings! Aber das kriegen wir schon hin! Hörst du, Ulli?

Der Rheinländer Helmut Rahn verkürzt in der neunundsiebzigsten Minute auf 2:7. Ein Geschenk des ungarischen Torhüters Grosits, der seinen Kasten verlassen und überheblich einen Spaziergang zur Mittellinie unternommen hat.

Wenn das so weitergeht, werden wir noch Weltmeister, sagt Hein. Huppertz und Onkel Karl lächeln höflich. Im direkten Gegenzug schießt Kocsis seinen vierten Treffer an diesem Tag, 8:2.

Schluß jetzt, Feierabend! ruft Hein. Er springt auf, geht mit stampfenden Schritten zum Radio und sucht wild nach einem anderen Sender. Ein Hörspiel aus verstümmeltem Beethoven, Adenauer, Kinderchor und Sonntagsprediger. Kurz vor Ende der Senderskala erwischt Hein das Orchester Edmundo Rosso, das zum Tanztee bittet. Feurige südamerikanische Rhythmen reißen Hein sofort mit. Er schüttelt seinen Körper, nah an einsneunzig und zwei Zentner, wackelt und hüpft, roten und schwarzen Pfeffer im Blut, nicht zu bremsen. Es darf gelacht und applaudiert werden. Nur Heins Frau ist für solche Späßchen nicht zu haben. Affentanz! Die bösen Blicke, mit denen sie die gute Laune ihres Gatten zu zermürben versucht, stacheln diesen zu neuen Höchstleistungen an.

Ihre evangelische Erziehung ist schuld, daß die Frau ist, wie sie ist, sagt Hein oft. Wenn die Evangelischen zu ihrem Herrgott beten, dann siezen die den. Tatsache! So sind die. Unnahbar, keinen Spaß an der Freud. Heins Frau entfernt sich. Jeder ihrer

Schritte auf der steilen, ächzenden Treppe klingt wie ein Vorwurf.

Hein ist mittlerweile auf dem Höhepunkt seines tänzerischen Könnens angelangt: Einige Jahre zu früh erfindet er den Twist und den Elvis-Presley-Hüftschwung. Angesteckt wirbelt Grit mit. Ulli gackert. In aller Ruhe läßt Tante Martha drei Stücke Streuselkuchen in ihrer Handtasche verschwinden.

Atemlos bietet Hein Zigarren an. Bald brauen sich Wolken zusammen, Huppertz und Onkel Karl qualmen wie Vulkane. Gläser klirren, Gabeln baggern. Endlich füttert auch Ulli seinen Schrumpfmagen, wagt sich sogar an einen doppelten Wacholderschnaps. Prost, Ulli! Auf einem Bein kann man nicht stehen.

Wir Balkanesen, was! Immer un-zer-trenn-lich!

Ullis sibirische Tischmanieren, beidhändig in den schmatzenden Mund, und seine blubbernden Verdauungsgeräusche nimmt man großzügig in Kauf, Hauptsache, dem Jungen schmeckt's.

Hein serviert den Handwerkern randvolle Literkrüge, damit das lästige Hämmern aufhört und es noch gemütlicher wird. Grit, immer noch erhitzt vom Tanzen, fragt Ulli, wie ihm ihr selbstgeschneidertes Kleid gefalle. Ulli stochert zwischen den schwarzen Zahnresten herum. Weil die Sonne nur noch fadenscheinige zwanzig Watt liefert, drückt

Hein auf den Lichtschalter. Edmundo Rosso und seine Gespielen haben sich schwungvoll verabschiedet, jetzt begrüßt ein Staatssekretär die Wiederbewaffnung der Bundesrepublik.

Verbrecher, knurrt Ulli. Schweinehunde.

Das kannst du wohl nicht beurteilen, sagt Huppertz. Du warst zu lange weg, Ulli.

Kinder, keine Politik! ruft Tante Martha. Onkel Karl pafft wichtig, bevor er sagt: Also, ne neue Wehrmacht ist aus folgenden Gründen —

Verbrecher, Schweinehunde! schreit Ulli. Drecksäcke! Ich muß mal!

Sofort springen alle auf, wollen Ulli unterhaken, ziehen und zerren energisch wie Rettungssanitäter vom Roten Kreuz, um Ulli sicher die Treppe hochzugeleiten. Doch Ulli will kein Krüppel sein, der Knochenmann will allein, auf eigenen schwachen Beinen und Füßen, denen Zehen fehlen, den Aufstieg wagen. Auch Heins Vorschlag, den Kirschbaum hinterm Haus zu gießen, wird abgelehnt. Ulli will endlich nicht mehr pissen wie ein Hund.

Zu stolz, am Treppengeländer Halt zu suchen, tattert Ulli ruckartig nach oben. Ein untalentierter, aber mutiger Bergsteiger. Die Zuschauer rufen Anweisungen und Ratschläge. Verschwindet, glotzt nicht so dämlich! ruft Ulli undankbar zurück.

Daß er fünfzehn der siebzehn Stufen schafft,

grenzt an ein Wunder, das sich jedoch bei Stufe sechzehn blau verfärbt. Wenig Gepolter, Ulli wiegt ja nicht viel. Der Nachrichtensprecher meldet eine vernichtende 3:8-Niederlage. Grits Schrei alarmiert auch die Handwerker. Die starren wie alle anderen auf Ulli in seinem Blut und ziehen die staubige Mütze. Ein salziger, schwarzer Sonntag.

Doch Ulli ist nicht tot, noch nicht. Er atmet flach und haucht Grits Namen. Die kniet sich widerstrebend über den Verletzten. Ullis schreckliche Flüsterstimme. Grit erstarrt.

Als Ulli seinen letzten Willen brüllt, halten alle den Atem an. Kalter Zigarrenrauch, Kartoffelsalatessig und Tante Marthas Kölnisch Wasser liegen unerträglich schwer in der Luft. Grit wirft verzagte Blicke. Ulli drängt. Geht weg, laßt uns allein, sagt Grit leise, bevor sie mechanisch, wie benommen ihr Kleid auszieht und es zusammengerollt unter Ullis Kopf schiebt.

Vier Tage später sagt die schwarzverschleierte Grit: Das Kind soll den Namen seines Vaters tragen. Friedhofskies knirscht, Hein bleibt stehen und sagt stockend: Bist du sicher, daß du von ihm —

Und wenn's ein Mädchen wird? fragt Huppertz.

Dann heißt es eben Ulla.

Isle of Wight

Eine Automatenstimme wirbt in vier Sprachen für das Mittagsmenü. Die Autofähre hat mit einer halben Stunde Verspätung abgelegt. Auf dem Oberdeck sind noch Liegestühle unter freiem Himmel zu haben. Möwen segeln im warmen Augustwind über das gutgelaunte Meer. Martin befiehlt ein strahlendes Gesicht, ausgelassenes Tänzeln. Sei natürlich! Komm schon, du kannst es! Fotos von Ulla mit Möwen und Wasser und im Hintergrund der Hafen von Ostende. Was ist los, laß dich nicht so hängen! Ulla dreht sich um, zeigt der Kamera den Rücken. Ulla und Martin haben sich vor acht Monaten kennengelernt, Sylvesterparty in einem Studentenkeller.

Daß Martin auch beim ersten Kuß seinen Fotoapparat nicht aus der Hand gelegt hat, hat Ulla ihm wegen seiner sanften Augen und südländischen Locken verziehen. Martin ist neunzehn, vier Jahre älter als Ulla, aber weder im Kino noch in der Diskothek muß sie ihren Ausweis vorzeigen, weil jeder sie für volljährig hält.

Ulla wirft sich in einen Liegestuhl. Neben ihr sitzt einer mit Gitarre und Fransenjacke und ohne Schuhe, der rückt sofort mit seinem Namen raus:

Freddy. Fotografieren ist echt das letzte, sagt er. Die beste Stimmung ist im Eimer, wenn so ein Knipser anfängt, auf den Knopf zu drücken.

Auslöser heißt das, sagt Martin scharf. Und ich bin kein Knipser, sondern Fotograf.

Der Fotograf hat Pech. Jetzt sind alle Liegestühle besetzt. Freddy kann gleichzeitig Gitarre und Mundharmonika spielen, und eine gute Stimme hat er auch. Er singt *All along the watchtower*. Ulla hängt an Freddys Lippen. Es gibt viel Applaus, Zugaberufe. Martin steht herum wie auf dem falschen Dampfer. Er reißt sich das Regenbogenstirnband vom Kopf, seine Augen verstecken sich hinter dem Haarvorhang.

Fährst du auch zum Festival? fragt Ulla.

Klar, sagt Freddy. Wegen Jimi. Meine Freunde fahren erst übermorgen, aber ich will ganz früh dasein, um nen Platz direkt vor der Bühne zu kriegen.

Genau wie wir. Wegen der Fotos.

Wir könnten uns da treffen, sagt Freddy.

Martin raucht viele zollfreie Zigaretten, während Ulla allmählich in Freddys meerblauen Augen ertrinkt. Freddy singt *Love me please love me*. Wie Jimi läßt er seine lange Zunge über den Gitarrenhals gleiten; Juckpulver auf Martins Nerven. Ein Platz wird frei. Martin setzt sich unbequem hin, als rechne er augenblicklich mit dem Zusammenbrechen des Liegestuhls: eine komische Figur am Ende des Abstellgleises.

Die Klippen von Dover sind tatsächlich weiß. England riecht nach angebranntem Toast, Muschelkalk und Teer. Nachdem Ulla und Freddy ihre Umarmung endlich beendet haben, würgt Martin den Motor seines Wagens ab. Eine hartnäckige Verstopfung im Bauch der Fähre ist die Folge, das Hupkonzert ist nicht von Jimi Hendrix. Freddy ist wieder da, er hilft beim Anschieben, gibt gute Ratschläge.

Bis in drei Tagen!

Martin hat weder für die englische Landschaft noch für Ulla einen Blick übrig. Er muß sich auf den ungewohnten Links- und Kreisverkehr konzentrieren. Ulla stört das nicht, sie ist im Paradies: Im Radio gibt es keine deutschen Schlager. Doch wunschlos ist ihr Glück nicht, sie braucht dringend einen Kaffee, am besten vier Tassen. Mit Märtyrermiene biegt Martin von der Schnellstraße ab.

Wie Hüter der Stille sitzen die Einwohner von Rye vor efeuüberwucherten Fachwerkhäusern, zu ihren Füßen kleine fette Hunde, die Tagträumen nachhängen. Eine Cricketmannschaft schlendert übers Katzenkopfpflaster, frühe Abendglocken läuten. Wahrscheinlich dreht der Fremdenverkehrsverein gerade nen Werbefilm, sagt Martin. Ein

Selbstgespräch, denn Ulla ist in einem Antiquitätenladen verschwunden. Sie probiert Halsketten und Ohrringe an, Martin soll seine Meinung sagen, aber er hat kein Auge für filigranes Kunsthandwerk und funkelnde Steinchen. Seine Aufmerksamkeit gilt den Preisschildern. Er macht sich zur Verteidigung der gemeinsamen Reisekasse bereit.

Bei der Rückgabe des Wechselgeldes empfiehlt der Händler das Gasthaus seines Schwagers, erbaut sechzehnhundertachtundachtzig, eines der schönsten Häuser von East Sussex, wenn nicht von ganz Südengland. Wir schlafen im Zelt, sagt Martin. Natürlich schlafen wir im Zelt, sagt Ulla. Obwohl, äußerst riskant mit dem wertvollen Schmuck.

Der Herr des Gasthauses wirkt nicht allein wegen seiner Körpergröße herablassend. Er zählt Dichter auf, Wissenschaftler und Politiker, die in den vergangenen dreihundert Jahren in seiner Herberge genächtigt haben. Er präsentiert den Frühstücksraum, eine ehemalige Kapelle, großformatige Gemälde von Herzögen und kirchlichen Würdenträgern, Mahagonimöbel, Badezimmerarmaturen von achtzehnhundertsiebenundneunzig und ein Bett mit purpurrotem Baldachin. Ein Himmelbett für ein Königspaar. Sein Anblick entlockt Ulla tiefe Seufzer. Martin wirft verzweifelt Blicke. Der Hausherr, erfahrener Fremdenführer im eigenen Domizil, öffnet mit Magierhand und dramatischem Räuspern ein Fenster und gibt die Aussicht frei auf die Mermaid Street, die schönste aller schönen Straßen von Rye.

Wundervoll, nicht wahr?

Ja, sagt Martin, aber nein.

Der Hausherr fragt, ob er — kostenlosen — Tee servieren dürfe.

Als Ulla am nächsten Morgen aufwacht, ist Martin bereits angezogen und dabei, britische Pfundscheine zu glätten und aus Hartgeld kleine Türme zu bauen. Die Hälfte ist schon weg, sagt er. Dann schimpft er über die Dusche, drei Tropfen pro Minute.

Im Frühstücksraum sitzen ältere Ehepaare. Sie hantieren geräuschlos mit Toastmessern und Spiegeleigabeln. Teetassen werden zielgenau und wie in Zeitlupe auf die Unterteller zurückgestellt. Keine Zeitung raschelt. Von Leinwänden starren Ahnen grimmig auf die Eindringlinge. Die Hausherrin hat die Gestalt einer Basketballspielerin und die Augen einer Aufseherin. Sie schwebt zwischen den einzelnen Tischen umher, zupft an Stoffservietten und fragt streng, ob es noch irgendwelche Wünsche gebe. Kopfschütteln, abwehrende Gesten, geflüsterte Beteuerungen, die genossenen Teeseen und Toastberge reichten aus, seien mehr als genug.

47

Martin trägt seinen Reiseführer wie ein Gebetbuch vor sich her. Das Hüsteln eines weißhaarigen Mannes dröhnt durch die klösterliche Stille. Ist die Queen gestorben? flüstert Martin. Sprich lauter, sagt Ulla laut, hier versteht dich sowieso keiner.

Martin dankt der servierenden Hausherrin in seinem gewähltesten Sonntagsenglisch. Er geht behutsam mit dem gebratenen Schinken um, auch den Orangensaft behandelt er höflich.

Ulla liest schmatzend aus dem Reiseführer vor. Isle of Wight: steile Kreidefelsen, Sandbuchten, verschlafene Dörfer mit reetgedeckten Häusern, eine der wärmsten Regionen Großbritanniens. Und Karl Marx ist auch dagewesen, ruft sie triumphierend. Irgendwo fällt eine Gabel zu Boden. Die Hausherrin fährt sich durchs toupierte Haar.

Martin fängt wieder mit der Reisekasse an, in friedhofsüblicher Lautstärke appelliert er an Ullas Vernunft. Ulla spielt sorglos mit ihrer neuen Halskette. Martin wird seinen Morgenjammer nicht los. Im Vorjahr seien bessere Bands beim Festival aufgetreten. Bob Dylan zum Beispiel! Im Grunde genommen macht Hendrix doch nur Lärm und Show. Dylan, sagt Ulla, bevor sie sich wieder in den Reiseführer vertieft, ist eine Schlaftablette. Er paßt zu dir.

Die Hausherrin fragt, ob Martin noch einen

Wunsch habe. Ja, schreit der, mehr Tee und Toast! Und ein großes Glas Orangensaft, frischgepreßt, nicht so ein labbriges Zeug! Die Hausherrin ist erstarrt. Ein Mann mit karierter Hose hebt zaghaft den Finger und bittet ebenfalls um mehr Tee und Toast. Für uns auch, rufen mehrere gleichzeitig, und den Toast nicht so schwarz! Und ein bißchen mehr Beeilung, sagt jemand mit amerikanischem Akzent. Am Einertisch trommelt eine alte Dame mit Messer und Gabel auf ihren orangenmarmeladeverschmierten Teller. Viele Wand- und Standuhren schlagen los und durcheinander, zarte Melodiefetzen, böses Rasseln, Big-Ben-Donner.

Später fotografiert Martin das Himmelbett, die Badezimmerarmaturen, die wundervolle Aussicht. Ullas knöchellanges indisches Kleid fällt auf historischen Boden, sie holt ihren kürzesten Rock aus dem Koffer und zieht ihn an, damit Martin ihn sofort wieder ausziehen kann. Der Himmel ist purpurrot und zum Greifen nah.

Über Winchelsea und Hastings fahren sie weiter zum Seebad Eastbourne. Friedrich Engels verbrachte hier zehnmal hintereinander seine Sommerferien, liest Ulla vor, nachdem sie zwei Liegestühle am Kieselstrand gefunden haben.

Zehnmal hintereinander, dazu hätte ich keine Lust, sagt Martin.

Für zweimal hat's heute morgen immerhin gereicht, sagt Ulla.

Hast du die Pille genommen?

Wie romantisch! Ja, ich glaub schon.

Du glaubst?

Sie starren das Meer an. Martin fummelt an seinem Belichtungsmesser herum. Ein Strandwärter
verlangt ein paar Pennies für die Benutzung der
Liegestühle. Wir gehn, sagt Martin. Ab jetzt wird
gespart.

Zehn Meilen hinter Brighton beginnt er von seinem Schlafsack zu schwärmen, den hat er eigens für
die Festivalnächte im Freien gekauft. Ein teures
Stück. Gepolsterte Schlafkapuze, Schweißbremse —

Schweißbremse?

Ja, so nennen die das. Damit ist ne spezielle, luft-
durchlässige Beschichtung gemeint.

Hört sich gut an, sagt Ulla. Martin, liebst du
mich?

Was soll die Frage?

Ob du mich liebst.

Ja. Tausendmal mehr als dieser Arsch Freddy
dich jemals lieben könnte und —

Schon gut. Ich hab beim Packen unsere Schlaf-
säcke vergessen. Die stehn bei dir zu Hause im Flur.
In der Hektik, verstehst du. Reg dich jetzt bitte
nicht auf.

Weil Martin die Bremse mit dem Gaspedal verwechselt, geschieht fast ein Auffahrunfall. Martin reißt sich das Regenbogenstirnband vom Lockenkopf und schleudert es aus dem offenen Wagenfenster.

Der Kleintransporter ist mit irischem Bier, leeren, scheppernden Konservendosen und Zigarettenkippen beladen. Das Radio spielt eine Oper in italienischer Sprache. Bob trinkt Rotwein und raucht einen Joint, beides in großen Zügen. Er fährt barfuß. Die Indianer sind auch ohne Sattel geritten, sagt er und lacht. Ulla mag vormittags keinen Rotwein, außerdem scheint die Sonne nicht, sie brennt, aber die dicke Zigarette lehnt sie nicht ab, die hilft, ihre Wut wegzublasen. Guter Stoff, was? sagt Bob. Der bringt dich näher zu Gott. Bis auf seinen Schoß. Vielleicht sogar auf seinen Schwanz. Bobs Lachen mündet in einen Hustenanfall. Er spuckt aus dem Fenster, rülpst, erzählt dann von Rory und seiner Gruppe *Taste*. Die Jungs halten sich seit Tagen auf nem Bauernhof in der Nähe von Portsmouth auf, um sich für die Isle of Wight warmzuspielen. Und warmzutrinken. Bob zeigt mit dem Daumen auf die Ladefläche, wo die Bierkästen stehen.

Rory Gallagher? sagt Ulla. Sie kämpft mit Haarsträhnen im Fahrtwind.

Genau der. Ich bin Rorys Mammi. Ich geb ihm die Fläschchen aus Irland und die Schnuller aus Afghanistan, und wenn er vor nem Auftritt in die Hose scheißt, wechsel ich die Windel. Die Brust geb ich ihm allerdings nicht, und pudern läßt er sich auch nicht von mir. Dafür seid ihr Mädels zuständig.

Bob schüttelt sich vor Lachen, er gerät auf die Gegenfahrbahn, die Opernsängerin kriegt einen Schreikrampf, Ulla klammert sich an ihren roten Koffer.

Ich will auch zum Festival.

Wegen Jimi?

Hauptsächlich.

Sag Rory, daß du wegen ihm aus Deutschland gekommen bist. Erwähn Jimi besser nicht. Dann nimmt Rory dich vielleicht mit hinter die Bühne, wer weiß.

Bob trinkt die Rotweinflasche leer, dabei achtet er wieder nicht auf die Straßenverkehrsordnung. Hupen und Drohgebärden. Näher zu Gott, wie gesagt. Noch nen Zug, Baby?

Der Bauer muß den Hof vor langer Zeit verlassen haben. Das Gras wächst hoch und wo es will, Landmaschinen in rostiger Rente, keine Kuh beißt mehr ins Gras. Sonnenblumen im Schatten von Kastanienbäumen. Eintagsfliegen hocken auf dem narbigen Scheunentor, träumen vom ewigen Leben. Die Hecke hat schon lange keinen Friseur mehr gesehen. Der Ziehbrunnen ist verdurstet. Aus einem Fenster hängt eine große irische Fahne, mitten in England.

Ulla stolpert über einen lecken Gummistiefel. Die Aufregung, die Hitze, das Hasch. Bob fängt sie auf, hält sie länger als nötig in seinen Armen. Im Wohnzimmer sitzt ein Rothaariger auf einem Motorrad und macht brrrmmbrrrmm. Hallo, Ken, sagt Bob. Hallo, Bob, sagt Ken. Ulla und Bob gehen weiter, sie durchqueren einen langen, dunklen Flur, in dem es nach angebrannter Milch und Keller riecht. Keine Angst, sagt Bob und nimmt Ullas Hand.

Im Wintergarten ist es unerträglich heiß. Ein Schwarzer hockt hinter einem Campingtisch und spielt Schach gegen sich selbst. Er trägt ein Che-Guevara-T-Shirt, seitlich geschnürte Lederhose und Muskelpakete. Der Schlagzeuger der *Taste*, kurzsichtig und kleingeraten, trinkt schwarzes Bier und schwitzt. Der Bassist bohrt in der Nase. Rory liegt bäuchlings auf dem Boden, seine Augen sind geschlossen. Trotz der Hitze steckt er in einem Holzfällerhemd, Jeans und Bauarbeiterschuhen. Er läßt sich von einem halbnackten, mageren Mädchen die Schultern massieren.

Rory? sagt Bob.

Bob? sagt Rory. Seine Stimme klingt, als käme sie aus einem anderen Sonnensystem.

Ich hab Besuch mitgebracht. Ulla aus Deutschland. Sie ist n Fan von dir. Sie hält Jimi für nen lahmen Wichser.

Ulla aus Deutschland, sagt Rory, ohne die Augen zu öffnen, willst du mich heiraten?

Nur wenn die Hochzeitsreise zur Isle of Wight geht.

Das magere Mädchen, dessen Blick bis zum Himalaya reicht, kichert. Der Schwarze wischt alle Schachfiguren vom Brett, tritt den Campingtisch in eine Ecke. Verloren, grunzt er.

Bob, sagt der Bassist, frag Rory, ob wir *Eat my words* noch mal proben sollen.

Rory, sagt Bob, Richard fragt, ob ihr *Eat my words* noch mal proben sollt.

Bob, sagt Rory, sag Richard und Alan, daß sie gefeuert sind. Sie sollen sich beeilen, das Arbeitsamt macht gleich zu.

Und was ist mit mir? fragt der Schwarze.

Gefeuert.

Dicke Luft, höchste Explosionsgefahr, flüstert Bob in Ullas Ohr. Komm, ich zeig dir dein Zimmer.

Zurück durch den langen Flur, Hand in Hand. Vor einer steilen Treppe bleibt Bob stehen. Geh du vor, du hast tolle Beine. Und hoffentlich kein Höschen an.

Sieh doch nach, wenn du kannst, sagt Ulla und rennt die Treppe hoch. Bob hinterher, blind vor Entdeckerliebe, kommt zu Fall, ein Aufschrei, Poltern, Bob verflucht den Erfinder der Treppe, Gott und alle Heiligen, die Queen von England, den Prince of Wales und den verdammten Rock 'n' Roll. Ulla nutzt die Zeit, sie versteckt sich hinter einem bodenlangen Vorhang, hält den Atem an. Doch Bob ist Spezialist, der Vater seines Vaters, ruft er, sei Fallensteller und Fährtensucher gewesen. Drüben in den kanadischen Wäldern, zwei Goldmedaillen hat Großvater bei der Indianerolympiade gewonnen, die Rothäute waren vielleicht sauer! Ja, ruft Bob, bedrohlich nahe am Versteck, Großvater, das war einer, und mir liegt das Fallenstellen und Fährtensuchen auch im Blut. Willst du meine Flinte sehen?

Ullas spitzer Schrei.

Der Sieger nimmt alles, mit Haut und Haaren. Er trägt Ulla, die kratzt, beißt, spuckt, auf Händen die Treppe hinunter, vorbei an dem Rothaarigen, der immer noch auf dem Motorrad durchs Wohnzimmer reitet.

Der Himmel über dem schattigen Wiesenbett: blau mit weißen Tupfern. Das Gras ist watteweich, wilde Blumen duften. Bob kann den Mund nicht halten. Gewandt wie ein fliegender Teppichhändler preist er seine unübersehbaren und stahlharten Qualitäten an, lobt ohne falsche Bescheidenheit seine Ausdauer und Geschicklichkeit. Ulla lacht bloß, unbeeindruckt, verwöhnt, sie stellt Ansprüche, äußert Sonderwünsche. Da wird aus dem Grobian ein zärtlicher Dichter, der in höchsten Tönen ihre feuchte Grotte besingt, dort will er für immer wohnen. Er findet Worte für ihre schlanken Fesseln, die wohlgeformten Schenkel, er möchte sein Leben dafür hergeben, einmal nur mit der Spitze seines Freudenschwerts ihre jungen Rosenknospen küssen zu dürfen. Als Ulla das Tempo verschärft, ändert sich auch Bobs Zungenschlag: ein südamerikanischer Sportreporter beim Endspiel um die Weltmeisterschaft. Die neunzigste Minute naht.

Ulla wird von einer melancholischen Stimme geweckt. Du bist wunderbar, die wunderbarste Frau auf der Welt. Ich bin Wachs in deinen Händen, mach eine Kerze aus mir, zünd mich an, immer wieder. Ulla reibt sich die Augen, räkelt sich. Sie pflückt einen Grashalm, steckt ihn in den Mund, über ihr ein Wolkenherz: Poplife.

Taste proben im früheren Heuschober. Ihre Lautstärke zerfetzt Spinnennetze, Opfer kommen frei. Eine Maus sucht verwirrt die Falle. Rory hat den Blues und trotzdem gute Laune. Mit herausgestreckter Zunge und schiefem Kopf hört er sich beim Gitarrespielen zu. Richard grinst seinen Baß an. Alans Brillengläser sind beschlagen. Ulla setzt sich auf einen Strohballen. Rorys Gitarre richtet sich steil auf. Ich singe nur für dich, singt Rory mit heißhungrigen Augen. Erlöse mich, ich bin scharf wie ne Stange Dynamit, laß mich hochgehn. Ich bin ne Zitrone, quetsch mich, preß mich aus, trink meinen Saft. Wie auf Kommando sind die beiden anderen verschwunden. Hat dir meine letzte Platte gefallen? fragt Rory.

Toll, sagt Ulla zögernd.

Und mein Saxophon auf *On the boards* und *It's happened before,* findest du das auch toll?

Du spielst auch Saxophon?

Nicht so wichtig. Laß es uns hier machen, im Stehn. Wir werden uns in Schmetterlinge verwandeln und die Sterne küssen! Rory, einige Zentimeter kleiner als Ulla, greift ihr zwischen die Beine. Sie ist feucht, ruft er, brüllt es fast, Jesus, sie ist naß!

Ulla muß niesen, dreimal, weil Rory Heustaub aufwirbelt. Er stößt seine Zunge in ihren Mund, Bierfahne, Nikotin. Ich hab's am liebsten von hinten, sagt Ulla.

Rorys Jeans rutschen bis zu den Kniekehlen, er

trägt keine Unterwäsche. Er behandelt Ullas Brüste wie ein Bäcker den Teig. Rory ist ein Sprinter. Ulla wachsen keine Flügel, die Sterne bleiben ungeküßt. War ich gut? murmelt Rory. Vielleicht widme ich dir meine nächste Platte.

Wo ist das Bad?

Der schwarze Schachspieler steht unter der Dusche. Tätowierte Leibwächtermuskeln aus Schwermetall. Er riecht gut nach Pfefferminz, Limonenschaum und Ringelblumenshampoo.

Der nächste Tag beginnt um drei Uhr nachmittags. Ulla wird neben einer ausgelaufenen Bierflasche wach. Zigarettenasche auf der Zunge, in ihrem Kopf ist Krieg. Ihr Magen: eine brennende Mülldeponie. Schweiß, klebrig wie Sirup. Wäre Ulla in der Lage, ihre Lippen zu bewegen, würde sie um Sterbehilfe bitten.

Verwelkte Blumentapete, Spinnwebenfriedhöfe. Der Wind liegt auf der faulen Haut, alle Schatten sind desertiert. Die Sonne ist eine Verhörlampe. Ulla schließt die Augen, legt die Hände vors Gesicht. Friedrich Engels verbrachte seine Sommerferien zehnmal hintereinander in Eastbourne. Laß es uns hier machen, im Stehn. Die Autofähre von Portsmouth zur Isle of Wight benötigt fünfundzwanzig Minuten für die Überfahrt —

Jemand klopft an die Tür, leise wie ein Bittsteller. Ulla krächzt, Stimmbruch. Lebst du noch? fragt der rothaarige Ken. Als er sieht, daß Ulla nackt auf dem Sofa liegt, dreht er sich artig um und redet mit der Wand: Frühstück ist fertig. Ulla winkt kraftlos ab. Wo sind die anderen? fragt sie.

Weg.

Eine Nachricht für mich?

Nein.

Du lügst!

Ulla hustet, mit beiden Händen hält sie ihren Kopf fest, damit der nicht zerspringt.

Wind zerrauft den Kastanienbäumen die Haare, Regenwolken stehlen der Sonne die Schau. Ken hat den Tisch mit soviel Hingabe gedeckt, als erwarte er die Chefredakteurin einer Frauenzeitschrift zum Testfrühstück. Er hat an frischgepflückte Blumen gedacht, drei Kopfschmerztabletten nicht vergessen, dezent von einer Stoffserviette verdeckt. Ulla weiß verschiedene Marmeladensorten, weiße Bohnen in Tomatensoße und heiße Bratwürstchen nicht zu schätzen. Sie schluckt die Tabletten und, zur Sicherheit, vier Anti-Baby-Pillen.

Sie müssen doch irgendwas gesagt haben!

Wer?

Rory, Bob und —

Ja.

Was denn?

Scheiße, kein Bier mehr da.

Ullas Teetasse kippt um, bekommt einen Sprung.

Wenn du willst, sagt Ken, fahr ich dich mit dem Motorrad nach Portsmouth. Die Fähre –

Ullas Schrei klingt heiser, erstickt.

Der ehemalige Vorratskeller ist zum Luftschutzbunker geworden. Sargluft, Schimmelpilze und dicke Spinnen stören Ulla nicht, doch bei jedem Donnerschlag preßt sie die Hände auf die Ohren und wimmert. Wie ein durchgedrehtes Zootier rennt sie hin und her, von einer Wand zur anderen.

Kerzenlicht flackert. Ken hat ein Einmachglas geöffnet, gelangweilt ißt er Pflaumen mit der Hand, schlürft Saft. Ulla raucht pausenlos. Komm, wir fikken, sagt Ken.

Ulla hört ihn nicht, sie lauscht angespannt. Vorwurfsvoll ißt Ken jetzt ein Glas Stachelbeeren leer.

Sag was, erzähl mir irgendwas, sagt Ulla. Gehört der Bauernhof dir?

Ja. Geerbt. Ich interessier mich aber nicht für Kühe und so Zeug.

Was interessiert dich denn?

Ficken.

Und was noch?

Mein Motorrad. Ich hau ab jetzt. Fährst du mit?

Ulla läuft auf Ken zu, hält ihn am Arm fest. Warte noch, bitte! Eine Viertelstunde, zehn Minuten. Vielleicht kommt das Gewitter zurück!

Ich hab keine Angst vor Gewitter, sagt Ken. Er windet sich, versucht, Ulla abzuschütteln, doch als sie nicht lockerläßt, schlägt er ihr ins Gesicht.

Du bist sowieso nicht mein Typ, sagt Ken.

Tränen im Regen sind reine Verschwendung. Ulla hat einen Schuh verloren und ist einfach weitergegangen. Friedrich Engels verbrachte seine Sommerferien zehnmal hintereinander in Eastbourne.

Portsmouth? sagt der Mann mit den Maulwurfaugen hinter dicken Brillengläsern. Ich fahr genau in die entgegengesetzte Richtung. Dover.

Egal, sagt Ulla.

Der Mann fährt langsam, mit abgehackten Bewegungen.

Wo kommen Sie her?

Aus Deutschland.

Die Deutschen haben meinen Vater abgeknallt im Krieg.

Tut mir leid.

Mir nicht. Er war n Arschloch.

Auf der anderen Seite der Straße staut sich kilometerlang der Verkehr. Autos, vollgepackt mit

Schlafsäcken, bunten Vögeln und dröhnender Musik. Ein Regenbogen hängt in der Luft. Der Mann zeigt Fotos von seinen drei Maulwurfkindern. Im Radio werden die Gruppen aufgezählt, die am Festival teilnehmen. Viele Bewohner der Insel, heißt es weiter, hätten aus Angst vor dem Ansturm ihre Häuser und Vorgärten verbarrikadiert. Die meisten Kaufhäuser und Pubs sind geschlossen. Es folgt *All along the watchtower* von der *Jimi Hendrix Experience.* Ulla beginnt zu schluchzen. Was ist los, Mädchen, sagt der Mann und reicht ihr ein beinahe tischtuchgroßes Stofftaschentuch. Bist du schwanger, oder warum flennst du?

Spielplätze

Ein lieber Junge, so still. Wie heißt er denn?

Keith. Wie mein Lieblings-Rolling-Stone, Keith Richards.

Aha.

Eigentlich sollte er Che heißen. Der Standesbeamte war dagegen.

Gottseidank. Das war doch so'n Terrorist, dieser Che, der hat Leute entführt und totgeschossen —

Blödsinn! Ein Freiheitskämpfer war er, der für die Armen und Rechtlosen gekämpft hat!

Gleich drei, ich muß, sagt die Frau, wirft ihr Strickzeug in einen Stoffbeutel und erhebt sich von der Bank. Sie zerrt ihre Tochter, die mit Keith eine Burg gebaut hat, aus dem Sandkasten, ohne auf die Bauwerke zu achten. Keith ist Herr einer Burgruine und den Tränen nahe.

Terroristin! ruft Ulla der Frau hinterher.

Keith will jetzt auf eine Wippe, unbedingt. Ulla versucht, ihn von den Vorzügen einer Schaukel und eines Klettergerüsts zu überzeugen. Sie wirbt mit verzweifelter Begeisterung. Ihre Hände schaukeln und klettern, ihr Mund redet große Abenteuer herbei. Vergeblich. Keith hat anscheinend kein Gedächtnis für schlechte Erfahrungen.

Ein Ende der Wippstange ist bereits besetzt. Das Mädchen, das sich nach einem Partner umsieht, wiegt höchstens dreißig Pfund. Ein hoffnungsloser Fall. Nachdem Keith am anderen Ende Platz genommen hat, behäbig und schnaufend, schnellt das Mädchen in die Höhe und bleibt stecken. Stillstand, gegen den kein noch so heftiges Rütteln am Haltegriff, kein Hopsen und Winden hilft. Ulla zündet sich eine Zigarette an, inhaliert tief. Sie blickt sich hilfesuchend um. Das Mädchen macht ein langes Gesicht, seine zappelnden Beine kratzen an Ullas Rauchwolken, wollen zurück auf die Erde. Keith, der Spielverderber, mit beiden Füßen fest auf dem Boden, scheint, bekümmert über das Gesetz der Schwerkraft, auf ein Wunder zu warten. Ulla möchte mit beiden Händen eingreifen und das Ungleichgewicht in ein gleichmäßiges Auf und Ab verwandeln, rhythmisches Stereo statt dumpfem Mono, Geben und Nehmen, doch Keith will sein schweres Schicksal ohne die Hilfe seiner Mutter meistern. Warnend erhebt er seine kräftige Bluesstimme. Das Mädchen jammert, es will nicht länger hingehalten werden und Luft treten. Mit trockenem Mund leiert Ulla beruhigende Worte. Sie atmet auf, als ein schmächtiger Junge auf einem Fahrrad naht. Ulla winkt, gibt Stoppzeichen, erklärt die Lage. Der Junge weigert sich. Wippe ist was für Babys und Mädchen. Eine Mark, flüstert Ulla. Zwei, sagt der Junge.

Es kann losgehen. Links Keith, er jauchzt und gurrt, rechts der gemietete Helfer, betont lustlos, hautnah dahinter das Mädchen, mit spitzen Fingern in den Pullover des Vordermanns gekrallt: siamesische Zwillinge auf Zeit.

Drei Zigaretten später hat Keith endlich genug. Seine Wangen brennen vor Anstrengung und Glück, etwas unsicher auf den Beinen macht er sich auf den Weg in Ullas offene Arme. Das Mädchen läuft heulend davon.

Du mußt mal zum Doktor, sagt der Junge vom Fahrradsattel aus zu Keith. Der schneidet das Fett weg.

Ich will nicht zum Doktor! kreischt Keith.

Seit wann klagt Ihr Sohn über Bauchschmerzen? fragt der Arzt.

Seit ungefähr einer Woche.

Gewaltig übergewichtig, das Bürschchen. Ein richtiger kleiner Buddha. Die Helferin kichert. Der Arzt schenkt ihr ein verschwörerisches Lächeln.

Das ist erblich bedingt, sagt Ulla. Zwei seiner vier Väter waren ziemlich schwer.

Was reden Sie denn da!

Arzt und Helferin wechseln Blicke.

Und seit wann näßt er nachts ein? Auch seit einer Woche?

Ja, ungefähr.

Keith' Kopf: ein roter Luftballon, kurz vor dem Platzen. Er darf, wenn er will, mit dem Stethoskop spielen, aber er will nicht. Enttäuscht zuckt der Arzt die Schultern. Er fragt nach Keith' letztem Stuhlgang, ungeduldig wie ein Quizmaster, der einen begriffsstutzigen Kandidaten verhört: Heute? Gestern? Vorgestern? Ulla weiß die Antwort nicht, und Keith preßt die Lippen aufeinander.

Ausziehen, alles! befiehlt der Arzt.

Keith' Fluchtversuch endet im Wartezimmer. In Notwehr greift die Helferin dem Tobenden in die Frisur. Ulla schreit, als wären ihre Haare gekrümmt worden. Wartende Mütter haben große Mühe, ihre nun ebenfalls fluchtwilligen Kinder zu bändigen.

Keith' Bauch sei hart wie Beton, sagt der Arzt. Totale Verstopfung, nehme ich an. Die Helferin bereitet eine Einlaufspritze vor. Keith muß an Armen und Beinen festgehalten werden, er kneift die Pobacken zusammen, droht zu ersticken an seinem Geschrei. Ulla streichelt und weint. Der Arzt schwitzt. Es tut nicht weh! brüllt er.

Nichts wegschneiden! Gegen Keith' Stimme richten Doppeltüren nichts aus. Die Kinder im Wartezimmer nehmen sich ein Beispiel.

Zu Weihnachten wünsche ich mir, daß es das Christ-
kind gibt.

Bescheiden geworden, was?

Du nicht? Früher Staatsfeind Nummer eins, heute
mit geflickter Hose gegen den Sonntagsstaat.

Und du? Eine Partysanin, bewaffnet mit Wein-
glas und Zigarillo.

Der Wein ist rot, das Zigarillo aus Kuba.

Das ist ja wohl —

Was ist, Rick, pennst du? ruft Udo. Er richtet die
Kamera wie eine Schußwaffe auf Rick.

Hab meinen Text vergessen. Ich bin eben kein
Schauspieler, kapier das endlich.

Du bist große Klasse, genau der Richtige für
diese Rolle. Also, reiß dich zusammen, konzentrier
dich! Der Film muß spätestens in zwei Wochen in
Oberhausen sein!

Oberhausen? Nicht Cannes oder New York?

Die Internationalen Kurzfilmtage, Mensch!
Weltberühmt. Polanski ist da auch entdeckt worden
und —

Iß doch was, Keith, sagt Ulla.

Keith schüttelt den Kopf. Er sitzt wie immer
während der Dreharbeiten in einem viel zu großen
Ohrensessel und verhält sich still. Er starrt Wohn-
zimmerwände an, die vollgehängt sind mit russischen Ikonen und afrikanischen Reisetrophäen:

Speere, Masken, ein ausgestopfter Büffelkopf. Auf Keith' Schoß liegen eine ungeöffnete Tüte Gummibärchen und ein Päckchen Salzstangen.

Er ißt und trinkt nichts mehr, sagt Ulla.

Gut für die Figur, sagt Rick.

Und das Bett bleibt auch trocken, sagt Udo.

Er hat Angst vor einer neuen Verstopfung, sagt Ulla. Nachts weckt er mich auf mit seinem Gerede von der Einlaufspritze.

Er wird schon nicht verhungern, sagt Udo. So, wir machen weiter. Kamera läuft!

Zu Weihnachten wünsche ich mir, daß es das Christ —

Ein lauter, dumpfer Schlag, alle zucken zusammen. Ein schwarzer Vogel ist gegen das Wohnzimmerfenster geflogen. Keith spielt Polizeisirene.

Die Sonne scheint durch ein Wolkenloch. Dem Pechvogel kann kein Arzt mehr helfen. An seinem Schnabel klebt ein Tropfen Blut, die Augen sind weit aufgerissen. Keith rackert sich ab, er kämpft mit seinem verbogenen Kinderspaten gegen zähe Wurzeln und Steine. Lange ist er auf dem fußballfeldgroßen, ungepflegten Rasen herumgelaufen, bis er sich für eine Stelle im Schatten eines Kirschbaums entschieden hat.

Der Vogel braucht einen schönen Sarg, hatte er

gesagt und sich mit schmutzigen Händen durchs verschwitzte Gesicht gewischt. Udo hatte eine Idee: Die afrikanische Schatzkiste, die auf dem Fernseher steht, aus rotem Holz und Elfenbein, innen und außen mit Schnitzereien verziert, ein Luxussarg.

Jetzt schläft der Vogel auf einem Kissen aus weichem Gras, und an Reiseproviant mangelt es ihm auch nicht: Gummibärchen und Salzstangen, eine Flasche Zitronenlimonade, zwei Scheiben Brot, die eine mit Salamischeiben belegt, dick mit Nußnougatcreme bestrichen die andere. Unschlüssig klappt Keith den Sargdeckel zu und auf. Er streicht über Federn, tröstet, deckt den Vogel mit Blumen zu.

Als der Sarg unter Erde und Rasenstücken verschwunden ist, vermißt Keith ein Grabkreuz.

Laß mal, sagt Udo. Vögel sind schlau. Die glauben nicht an Gott.

Trotzdem, sagt Keith und beginnt, in seiner Spielzeugkiste zu wühlen. Muscheln und Schneckenhäuser werden aussortiert, eine verrostete Fahrradklingel, italienische Geldstücke, ein Flugzeug fliegt in hohem Bogen. Keith strahlt, er hält einen Mercedesstern in der Hand. Den hat Ulla, als sie mal aushilfsweise in einem Büro arbeitete, vom Wagen ihres Chefs abgerissen. Genehmigt, sagt Udo. Der paßt zum Sarg.

Nun zieh dich schon aus.

Ich zieh mich nicht aus.

Das Drehbuch verlangt es.

Das Drehbuch hast du geschrieben. Schreib es um.

Ulla, jetzt hör mal genau zu. Es geht um Befreiung, wie du weißt. Die Befreiung muß für den Betrachter sichtbar werden –

Hol dir ne Nutte.

Als du's an einem Tag mit vier Kerlen getrieben hast, warst du nicht so prüde!

Laß Keith' Väter aus dem Spiel!

Okay, okay. Entschuldige. Sieh mal, es geht um Kunst, nicht um Porno.

Hängst du die Tür wieder ein?

Ich dachte, du wärst auch dafür –

Jetzt bin ich dagegen.

Das ist Erpressung!

Du hängst die Tür wieder ein?

Kamera läuft!

Ulla zieht aufreizend langsam ihr T-Shirt aus. Sie brüstet sich, zeigt die Zunge, Kußmund, Schmolllippen.

Es läutet.

Auf dem Einschreiben kleben viele bunte Briefmarken. Udo zündet sich eine Zigarette an, bevor er den Umschlag aufreißt. Er bläst den Rauch zur

Zimmerdecke, lacht höhnisch. Asche fällt auf den wertvollen Teppich. Udo rülpst laut. Angestrengt lässig formt er aus dem Brief einen Papierball, den er in den offenen Kamin kickt.

Ein Brief vom Arzt? fragt Keith heiser.

Udo bekommt vor Lachen einen roten Kopf, er schnappt nach Luft und krümmt sich, als wäre sein Bauch hart wie Beton. Rick starrt Ulla an, die verschränkt plötzlich die Arme vor dem Oberkörper, sucht nach ihrem T-Shirt.

Seine Exzellenz, der Botschafter der Bundesrepublik Deutschland in Sierra Leone teilt mir freundlichst mit, daß er mich enterben will, weil ich mein Studium abgebrochen habe. Außerdem ist der monatliche Scheck ab sofort gestrichen. Leute, wir sind pleite. Die Erbschleicherin kriegt alles.

Welche Erbschleicherin? fragt Rick.

Die Schlampe, die Seine Exzellenz drei Monate nach dem Tod meiner Mutter geheiratet hat. Zwanzig Jahre jünger als er, ein blonder Nazitraum.

Keith hält den Kopf schräg und blickt reihum in verengte Augen, lange Katastrophengesicher. Niemand erwidert sein dünnes Lächeln. Keith' Unterlippe beginnt zu zittern.

Ruf deinen Vater an, sprich mit ihm, sagt Ulla stockend, als müsse sie gegen eine schwere Sprachbehinderung ankämpfen.

Sinnlos. Er haßt mich, seit ich mit vierzehn das Hirschgeweih mit roter Lackfarbe angestrichen habe. Er war nach Jugoslawien gefahren, ist mit vielen Gehilfen zwei Wochen lang durch die Wälder gepirscht. Er wollte unbedingt einen Vierzehnender abknallen, und das ist ihm auch gelungen. Am letzten Tag. War nicht billig die Sache. Der jugoslawische Staat braucht Devisen. Als mein Vater zurückkam, trällerte er wochenlang Opernarien. Das Geweih war sein ganzer Stolz, er hängte es über den Kamin. Tausend Leute lud er ein, damit die den Vierzehnender bewunderten. Eines Abends war ein Minister zu Besuch, passionierter Jäger wie mein Vater. Die beiden kriegten den Mund nicht mehr zu. Der eine vor Lachen, der andere vom Schock.

Rick ist mit einer Zeitung hinter einer Fliege her. Obwohl sie nach dem ersten Hieb tot ist, schlägt er weiter auf sie ein. Bevor er das Testament ändert, sagt Rick leicht außer Atem, bricht da unten vielleicht eine Revolution aus. Eine blutige, meine ich.

In Sierra Leone sind stabile Verhältnisse, sagt Udo. Er fährt sich mit beiden Händen durchs Haar, lächelt. Wir können nicht immer auf die Dritte Welt hoffen. Wir müssen selbst was unternehmen. Und ich weiß auch schon, was.

Zu Weihnachten weder Baum noch Geschenke, zu Keith' fünftem Geburtstag nur Selbstgebasteltes und Streit: Udo wollte Ullas Geschichte von den vier Vätern nicht hören, schon gar nicht in allen Einzelheiten. Dann, vor drei Wochen, hat Udo die Toilettentür ausgehängt und auf den Dachboden getragen. Wir haben lange genug diskutiert, sagte er. Die Revolution fängt zu Hause an. Zwei Stunden später war Gitti, Ricks Freundin, ausgezogen, zurück in die enge Wohnung ihrer Eltern. Nachmittags hatte Keith auf der Toilette gesessen und, versteckt hinter einer aufgeschlagenen Zeitung, unterdrückte Laute von sich gegeben. Verklemmtes Bürschchen, hatte Udo gesagt und die Tarnung entfernt. Jetzt ist er froh, daß er die Toilettentür wieder vom Dachboden heruntergeholt hat. Im Geschäftsleben muß man seriös wirken.

Ulla zählt: siebzehntausend, achtzehntausend, neunzehntausend. Sie trägt hohe Absätze, ein hellgrünes Cocktailkleid mit viel Tüll und raffiniertem, nicht zu gewagtem Dekolleté. Rick fühlt sich sichtlich unwohl in seinem Nadelstreifenanzug. Ständig faßt er sich an den Krawattenknoten, der scheint ihm die Luft zu nehmen. Sein Gesicht ist rot und wund. Es hat Stunden gedauert, bis sein wilder Vollbart abrasiert war. Udo ist mit seiner neuen Frisur zufrieden. Kurze Haare trocknen schnell nach dem Waschen, gebannte Erkältungsgefahr. Keith haben sie saubere Fingernägel und eine Fliege verpaßt.

Dreißigtausend, einunddreißigtausend. Oxford Street, Abbey Road, Piccadilly! Jeden Abend nightlife! Ulla wirft sich Udo an den Hals. Keith kriegt ein Kindermädchen, sagt Udo. Am besten eine verarmte Adlige.

Neunundvierzigtausend, fünfzigtausend. Mach mal Pause! Whisky oder Gin? Gin ist für Spießer, sagt Rick und schleudert seine Krawatte in den offenen Kamin. Keith ißt vorsichtig ein Nußnougatbrot. Nach jedem Bissen hält er inne, betastet seinen Bauch, horcht in sich hinein.

Zweiundsechzigtausend, dreiundsechzigtausend. Irgendwie ungemütlich ohne Teppich, sagt Rick. Auf dem Parkettboden stehen Dutzende leere Sekt- und Cognacgläser, Teller mit Speiseresten. Vom kalten Buffet ist nicht viel übriggeblieben. Die Kunden hatten großen Appetit. Das mit dem Haus wird natürlich schwieriger, sagt Udo. Urkundenfälschung ist ne heikle Angelegenheit. Aber unser Mann für alle Fälle hat ein ruhiges geschicktes Händchen. Und dem Notar schau ich ganz tief in die Augen, sagt Ulla.

Vierundsiebzigtausend, fünfundsiebzigtausend. Sutter, dieser komische Schweizer, der die Rokokouhr, das Service für vierundzwanzig Personen und die Goethe-Gesamtausgabe von achtzehnhundertsoundsoviel gekauft hat, das war vielleicht ein geiler Bock. Sagte, er sei Hobbymaler. Ob ich ihm mal Modell stehen könnte. Er würde auch ne extragroße Leinwand besorgen, damit er meine Oberweite vollständig aufs Bild kriegt. Dabei fummelte er an seinem Hosenschlitz rum, die Sau.

Dieser Doktor Springer vom Museum für afrikanische Kunst war auch nicht ohne, sagt Udo. Fragt der mich doch –

Wir wärn dann gleich soweit, sagt einer der vier Möbelträger, die den wuchtigen, mit alpenländischen Motiven bemalten Kleiderschrank wegschleppen. Wiedersehn.

Sechsundachtzigtausend, siebenundachtzigtausend. Wer spült? fragt Rick mit Blick auf die vielen Gläser und Teller. Keiner von uns, sagt Udo. Die Zeiten sind vorbei! Wir schmeißen den Scheiß in die Mülltonne, fertig.

Darf ich? fragt Keith.

Sei doch nicht immer so wohlerzogen! Tu einfach, was du willst, klar?

Dreiundneunzigtausendvierhundert, dreiundneunzigtausendfünfhundert.

Schaffen wir fünf Nullen hinter der Eins?

Wird knapp. Eher nicht.

Trotzdem ne schöne Summe bei den Schleuder-
preisen. Für die Ikonen hätten wir auch das Dreifa-
che verlangen können —

Es läutet.

Sie sind leider zu spät, sagt Ulla. So gut wie alles
weg. Wir hätten da nur noch einen Büffelkopf aus
Kenia und einen Kühlschrank mit großem Gefrier-
fach.

Ullas Stimme hallt im leergeräumten Wohnzimmer. Der braungebrannte, mittelgroße Mann mit
ausgeprägten Stirnfalten und silbergrauen Haaren
öffnet seinen Mund, schließt ihn wieder. Er macht
ein Gesicht wie ein Reeder, dessen Öltanker wenige
Sekunden nach dem Stapellauf zum U-Boot geworden ist.

Darf ich vorstellen? sagt Udo mit heiserer
Stimme.

Draußen zertrümmert Keith Gläser, Teller, leere
Weinflaschen und Aschenbecher.

Am Ball

Kies? hatte Hein gesagt. Komischer Name. Kies —
wie kleingehackte Steine? Wie ein *rollender* Stein,
hatte Ulla geantwortet.

Hein sitzt mit halbgeschlossenen Genießerau-
gen auf seinem Lieblingsstuhl. Den hat er aus dem
Wohnzimmer in die Küche getragen. Ledergepol-
sterte Rücken- und Armlehnen, stellenweise rissig. Die Stuhlbeine haben dicke Knie — wurmsti-
chige, vom Sand im Getriebe der Zeit geschmirgelte
Löwenköpfe — und Krampfadern, dünne, längst
eingetrocknete Farbrinnsale, die bezeugen, daß
jemand den Versuch, das dunkelbraune Holz
schwarz zu streichen, nach einigen halbherzigen
Pinselstrichen abgebrochen hat. Im Minutentakt
spitzt Hein die Lippen und zieht an seiner Zigarre,
um das Feuer wachzuhalten; viel Rauch macht er
nicht. Auf dem gefliesten Küchenboden liegen
kleine Aschehäufchen. Glänzende, frischrasierte
Wangen ohne ein Krätzerchen, Hein lobt Ullas si-
chere Hand. Er runzelt die Stirn, pafft nachdenk-
lich, als Ulla ein paar letzte Tropfen aus der Rasier-
wasserflasche schüttelt und klopft.

Keith hat die Flasche geleert. Gestern, an seinem
ersten Tag in der neuen Schule, hatte er lernen müs-

sen, daß »Kies« auf rheinisch »Käse« bedeutet. Einige Mitschüler griffen sich, nachdem die Lehrerin den Namen des Neuen genannt hatte, an die Nase und riefen: Käse, Stinkkäse, Stink! Dürfen wir die Fenster aufmachen, Fräulein?

Niemand wollte neben Keith sitzen, und so hatte ihm die Lehrerin mit verlegenem Lächeln und hängenden Schultern einen Platz in der letzten Reihe zugewiesen.

Der Stuhl neben Keith war leer. Er gehört einem Mädchen, das seit Wochen im Krankenhaus liegt.

Heute morgen hat Keith eine halbe Stunde lang gebadet, seine Zähne geputzt, bis das Zahnfleisch blutete, und sich mit Rasierwasser eingerieben, auch zwischen den Zehen und hinter den Ohren. Alle hielten sich die Nase zu, schrien: Stink!, lauter als am Tag zuvor.

Ulla küßt Hein einen Rest Rasierschaum vom Ohrläppchen. Mach mich nicht wahnsinnig, sagt Hein. Er tunkt das Zigarrenmundstück in ein großzügig gefülltes Cognacglas, nuckelt. Seine Füße ruhen in einer Emailleschüssel. Es riecht nach Tannennadeln, im gelbgrünen, warmen Wasser hat sich eine Tablette sprudelnd aufgelöst, gut für die Durchblutung. Während Ulla Heins Fingernägel maniküllt, erinnert er sie daran, bloß nicht Nasen- und Ohrenhärchen zu vergessen: wegschneiden,

nach Möglichkeit ausreißen, ein ehemaliger Mittelstürmer kennt keinen Schmerz.

Hein schreit auf. Das Radio spielt ein Operetten-
potpourri. Eine Fliege summt. Keith sitzt am Tisch,
mit Schulaufgaben beschäftigt. Bald wird der Blei-
stift, den er seit einer Viertelstunde spitzt, selbst für
einen Liliputaner zu klein sein. Ullas Brüste hüpfen
bei jeder Bewegung. Es ist heiß, Ende August. Ulla
trägt schwarze Stöckelschuhe und einen kurzen,
leichtsinnig geknöpften Friseusenkittel, hellblau
wie ihre Augen und blickdurchlässig.

Der alte Hein bumst deine Mutter in den Arsch,
sagen die in der Schule. Er spritzt seinen Saft in ihren Mund. An der Fleischtheke und vor den Süß-
warenregalen standen welche, die Jahreszahlen
addierten: Unter dem Strich, rechneten sie aus,
könnte Hein Ullas Großvater sein, vielleicht sogar,
wenn man recht bedenkt, wie das war mit dem Ulli
damals, ihr wirklicher Vater, meinte einer, und daß
Heins Frau erst seit vier Monaten unter der Erde
ist. Krebs hat die gehabt, überall, regelrecht verfault
ist die, der Gestank hat alle Stammgäste aus Heins
Kneipe vertrieben. Seitdem aber Ulla zurück aus der
Stadt und Kellnerin ist, liefert der Brauereiwagen
jeden zweiten Tag Nachschub. Zwischen Obst-
stand und Tiefgefrorenem war zu hören, Hein habe
sie vom Großstadtstrich geholt, mit ihrem kurzen

Rock und dem tiefen Ausschnitt. Diese Herumtreiberin, mit fünfzehn schwanger, das hat Grit, ihre herzkranke Mutter, ins Grab gebracht. Als hätte er keine Augen im Kopf, lenkte Keith seinen Einkaufswagen ungebremst gegen eine Konservenpyramide. Keglerglück: fast alle neunhundert. Wie heißt du? brüllte der Filialleiter. Wie du heißt, hab ich gefragt!

Wolfgang. Karl-Heinz —

Wie denn nun!

Du hast den Käse vergessen, sagte Ulla.

Ich mag keinen.

Nachdem Hein sich ausführlich im Handspiegel betrachtet und Gewißheit hat, daß kein Nasen- und Ohrenhärchen verschont worden ist, hebt er die Arme in die Höhe, damit Ulla ihn bequem von seinem Unterhemd befreien kann. Seine Brust ist dunkel behaart, Drahtwolle, doch auf dem Kopf ist er grau. Ulla wickelt ein Badetuch um Heins Oberkörper, es soll seine Haut vor dem starken Färbemittel schützen. Hein schließt die Augen, er knurrt, als Ulla beginnt, jugendliches Schwarz in seine dichten Haare zu massieren. Ich könnte ne Nackenstütze gebrauchen, ne Nackenstütze wär mein Paradies. Hein schickt einen Rauchkringel zur Zimmerdecke, Ulla kichert und steuert seinen Hinterkopf zwischen ihre Brüste. Daß ihr hellblauer Kittel naß wird und sich schwarz verfärbt, scheint ihr egal zu sein.

Heins rechte Hand wandert langsam und auf Umwegen unter Ullas Kittel und taucht nicht wieder auf.

Bring den Jungen weg, sagt er.

Ulla streichelt sanft und zugleich fordernd Keith' Arm. Keith nickt, er weiß Bescheid. Er packt Bücher und Hefte in seine Tasche, steckt den Füller wie eine Zigarre in den Mund.

Sie gehen die Treppe hinunter, die zum Schankraum führt. Keith setzt sich auf seinen Stuhl neben der Musikbox. Ulla stellt ein großes Glas Orangenlimonade auf den Tisch, gibt Keith eine Tafel Nußschokolade in die Hand und einen Kuß auf die Stirn. Bevor sie geht, wirft sie ein Markstück in die Musikbox, dreht den Regler auf volle Lautstärke.

Dienstags ist bis achtzehn Uhr Ruhetag. *The Clash* brüllen *London calling*. Die Fensterläden sind geschlossen, Sonnenbrillenlicht. Kalter Rauch und biergebeiztes Thekenholz machen die Luft dick. Für den Hirschkopf, der mit glasigem Blick über dem Eingang hängt, und die vielen bunten Fußballwimpel hat Keith keine Augen, auch nicht für die aufgereihten, staubfrei glänzenden Pokale und den Ball mit den Unterschriften aller Spieler von Manchester United, gegen die der FC 69

Lichtenstein ein Freundschaftsspiel bestritten und
1:19 verloren hat; das Ehrentor, obwohl vor über
drei Jahren gefallen, immer noch Gesprächsthema.
Heins Lieblingsgäste dürfen manchmal den be-
schrifteten Ball berühren, andächtig und mit großer
Vorsicht, als wäre er zerbrechlich.

Auf einem Tisch liegt eine vergessene Zigarettenpackung. Ohne Filter. Rauch brennt in Keith'
Mund und Augen. Die heilige Jungfrau Maria steht
auf einem Regalbrett zwischen Schnaps- und Sekt-
gläsern. Sie ist dreißig Zentimeter groß und blickt
scheinbar demütig, in Wahrheit scheinheilig gen
Himmel. In Marias abdrehbarem, hohlen Korpus
sind die beiden Schlüssel für das Geheimfach. Mit
dem einen läßt sich die mittlere Tresenschublade
öffnen, der andere ist für die Stahlkassette, in der
Hein die gerollten Eintrittskarten für die Heim-
spiele der Neunundsechziger und das Fotoalbum
aufbewahrt. Hein hat nicht aufgepaßt vergangene
Woche, nicht bemerkt, daß Keith in der Nähe war.
Ulla hatte ihre neue Unterwäsche vorgeführt. Dabei mit dem Po gewackelt und sich gespreizt. Auch
sie hatte sich unbeobachtet gefühlt.

Keith zerdrückt seine Zigarette und schlägt
das Album ungefähr in der Mitte auf. Die ersten
zwanzig Seiten interessieren ihn nicht, Tabellen,
Mannschaftsfotos, Spielszenen, Vereinsanhänger

und Spieler beim Würstchengrillen und Biertrinken. Hein nach seiner Wiederwahl zum Vereinspräsidenten, gelassen den Applaus und das Schulterklopfen der ihn umringenden Vorstandsmitglieder entgegennehmend. Dann der eingeklebte Zeitungsausschnitt : *7:0 im entscheidenden Spiel! Die »Neunundsechziger« wie im Rausch.* Kalle Wirtz, fünffacher Torschütze, unter der Sektdusche. Didi Roßbach, der zwei Elfmeter hielt, mit Blumensträußen. Männer, die Männer küssen. Autokorso mit schwarz-blauen Fahnen, im ersten Wagen trinkt Mannschaftskapitän Rudi Ferken aus einem Pokal. *Meister der 2. Kreisklasse, Gruppe 3, Saison 1978/79: FC 69 Lichtenstein.*

Keith zögert das Umblättern der nächsten Seiten hinaus. Er schiebt sich einen Kaugummi mit Pfefferminzgeschmack in den Mund, der den Zigarettengeruch vertreiben soll, putzt sich die Nase, reibt sich die Augen. Er vergewissert sich, daß er allein ist. Er wickelt den Kopf der Gottesmutter in ein Handtuch, damit der nicht wegrollt und zerbricht. Er legt das Album auf die rostfreie Abstellfläche neben dem Spülbecken. Der ewig tropfende Zapfhahn ist mindestens einen Meter entfernt, er kann den Fotos nicht gefährlich werden. Die Musikbox brüllt.

Unsere Helden 1 Woche auf Mallorca und Lolita,

Anita, Conchita, Carina... Exakte Druckbuchstaben, abwechselnd mit schwarzem und blauem Filzstift geschrieben. Am Rand des kleinen Hallenbads Figuren aus weißem Stein, Löwen, Drachen, nackte Körper mit Feigenblatt. Großes Gedränge im Wasser, das nur bis zu den Oberschenkeln reicht. Kalle, Rudi, Didi und die anderen plantschen. Weit aufgerissene Münder, ausgebeulte Badehosen. Frauen mit Brustwarzen so groß wie Fünfmarkstücke, nahtlos braune Pobacken. Eine ist rasiert. Eine Schwarze hat rote Haare. Didi leckt, aber kein Eis, Rudi ist ein Büstenhalter. Drei Finger von Kalles rechter Hand sind in der Rasierten verschwunden.

Dein letztes Bier, Kalle, sagt Hein. Sonntag ist Spiel gegen Rhenania.

Denen haun wir acht Stück in die Kiste, kein Problem, sagt Kalle.

Dein letztes.

Kalle faßt sich mit der rechten Hand an den Schnauzbart. Keith sitzt neben der Musikbox und starrt auf Kalles Daumen, Zeige- und Mittelfinger. Jens Heiduck, Student in Köln, schwarze Lederjacke, Sonnenbrille und eine blaue Strähne im hellblonden Haar, wählt *Sexy Eyes*. Walter Huppertz, der Kassierer vom FC, spricht über Krankheiten und Gebrechen: Raucherbein, Bleifuß, zwei linke Hände. Jens Heiduck wählt *Ein Bett im Kornfeld*. Kornfeld! ruft Erwin Radermacher. Er redet schnell und viel, findet nie ein Ende, deshalb, so sagt man, habe sein spätgeborener Sohn Paul es vorgezogen, von Anfang an taubstumm zu sein.

Sommer dreiundvierzig in Jugoslawien, ein Kornfeld so groß wie das Olympiastadion. Da drin eine Horde Partisanen, die waren vor uns geflohen. Schön blöd waren die. Wir haben das Feld an allen vier Seiten angezündet und gemütlich abgewartet, bis die Schweine aus dem Grill sprangen. Wir brauchten nur noch abzudrücken.

Radermacher wischt sich den Lachschweiß aus dem Gesicht, Kalle Wirtz hat die Nase voll vom Militär. Die Bundeswehr ist schuld an meinem Haarausfall. Der verdammte Stahlhelm, die Haarwurzeln haben keine Luft gekriegt, sind erstickt –

Quatsch, sagt Radermacher, erblich bedingt ist das. Dafür kann die Wehrmacht nix.

Und weshalb kriegen Frauen dann keine Glatze?

Jens Heiduck wählt *Sexy Eyes*. Im braunen Frühabendlicht kämpft der Ventilator gegen Rauch und Schwüle an. Ulla pendelt im Laufschritt zwischen Zapfhahn und den schweren Eichentischen, Tau auf ihrer Stirn und über der Oberlippe. Fünfzig Augenpaare sehen ihr beim Gläserfüllen und

-schleppen zu, vor allem beim Bücken. Die Männer müssen viel Bier trinken, um das Wasser, das ihnen im Mund zusammenläuft, hinunterzuspülen. Jens Heiduck wählt *Ein Bett im Kornfeld.* Ulla lächelt ihn an.

Hein, mäßig paffend, Schnapsglas in der Hand, wandert von einem Tisch zum anderen. Bleibt er länger, tätschelt gar Schultern und Wangen, dann strahlen die Gäste wie bei einer Ordensverleihung. Hein bringt Hiesige und Zugezogene zusammen und Alleinstehende zum Reden. Mühelos beherrscht er den augenblicklichen Wechsel von Hochdeutsch zu rheinischem Dialekt. Er schlichtet Streit, oft durch einen einzigen Blick. Wagt jemand, ihn zu fragen, wie Ulla denn so im Bett sei, antwortet er, die Backen prall vor Zufriedenheit: Nackt.

Jens Heiduck wählt *Sexy Eyes.* Kalles Augen versuchen zu töten, Radermacher hält sich beide Ohren zu. Hein bricht einen Witz kurz vor dem Schluß ab, düstere Rauchwolken kriechen aus seinem Mund.

Am großen Tisch tagt die Bürgerinitiative *Bürgerzentrum Glasmühle.* Die Fabrik am Ortseingang von Lichtenstein steht seit dem Konkurs der Firma leer. Alle Parteien hatten vor der letzten Wahl versprochen, das vom Land aufgekaufte Gebäude Vereinen und Jugendgruppen zur Verfügung zu stellen. Mittlerweile reichen die Gerüchte von Abriß bis Eros-Center.

Die drei Mitglieder der Punkband *The Schlapp-schwänz,* die einen Übungsraum suchen, trinken mitgebrachtes Dosenbier und spucken in regelmäßigen Abständen fast synchron auf den Boden. Böse Blicke der Leiterin der Frauenturngruppe *Mach mit!* Ohne Wirkung. Die Hobbytöpfer werden von einem pensionierten Lehrer vertreten, der laut der Prügelstrafe nachtrauert. Ein Pfadfinderführer pflichtet ihm bei. Die Punker rülpsen. Ein freiwilliger Feuerwehrmann schlägt mit der Faust auf den Tisch. Die Sprecherin des Seniorenkreises nimmt die Musiker in Schutz: Besser grüne Haare als eine braune Uniform. Der Hobbytöpfer schneuzt sich verärgert, Feuerwehrmann und Turnerin verdrehen die Augen. Die Ortsgruppe der kommunistischen Partei, vollzählig erschienen in Person von Willi Havenith, warnt vor Spaltung der Bewegung und fordert die sofortige Besetzung der ehemaligen Glasmühle. Vorher müssen wir uns bewaffnen! ruft ein Punker. Terror gegen Bullenterror! Feuerwehrmann, Hobbytöpfer und Pfadfinder springen auf, der große Tisch bebt, Gläser zerbrechen. Hein schreitet ein, seine Dirigentenhände bringen den Chor der Schreihälse auf Zimmerlautstärke.

Nächsten Montag ist Demo, sagt Havenith, bist du dabei?

Da bin ich in Köln, sagt Hein. Beim Rundfunk. Live-Sendung über den Krieg, wegen dem ersten September. Die wollen meine Geschichte hören.

Erzähl doch noch mal von dem Major und den Franzosen! ruft der Feuerwehrmann. Und von dem Fußballspiel!

Hein sträubt sich. Er fuchtelt mit den Händen, droht mit Vorverlegung der Sperrstunde, Bierverwässerung und Preiserhöhungen, falls man ihn nicht in Ruhe läßt.

Seine Gäste stellen sich taub, sie klatschen rhythmisch, pfeifen, johlen. Karneval im August.

Na gut, ruft Hein und strahlt, aber nur die kurze Fassung. Einige räuspern sich noch schnell, dann wird es still. Jens Heiduck wählt *Ein Bett im Kornfeld*. Er versperrt Ulla, die ein Tablett mit leeren Gläsern trägt, den Weg, flüstert in ihr Ohr, streicht eine Haarsträhne aus ihrem Gesicht. Ulla lacht.

Du möchtest zahlen, sagt Hein.

Nein, wieso, alter Mann, sagt Heiduck. Fängt doch gerade erst an, gemütlich zu werden.

Nimm die Sonnenbrille ab, wenn du mit mir sprichst!

Ha, der Fürst von Lichtenstein, sagt Heiduck.

Der schreibt sich mit *ie*, dämlicher Student!

Gib nicht so an mit deinem Kreuzworträtsel-abitur, alter Mann.

Hört auf, sagt Ulla.

Verpiß dich, Heiduck, oder ich polier dir die Fresse!

Heiduck grinst.

Was Hein verspricht, das hält er. Während die Reste von Heiducks Sonnenbrille zusammenge-kehrt werden, Sägemehl Nasenblut aufsaugt und Stimmbänder, die zu zerreißen drohten, sich erho-len dürfen, sagt Kalle: Ein scharfes Weib, die Ulla. Für die würd ich mich auch prügeln. Jederzeit.

Walter Huppertz, der Kassierer vom FC, der sich trotz hochsommerlicher Schwüle nicht von seinem Jägerhut trennen kann, sagt: Ich kenn eine, die ist noch schärfer. Mit der kann man Ostereier-verstecken spielen.

Wie — Ostereierverstecken? fragt Radermacher.

Huppertz rückt dicht an Kalle und Radermacher heran, Verschwörerblick. Er kratzt sich am Kinn, schaut sich um. Niemand außer Keith ist in der Nähe, und der sitzt teilnahmslos in sich versunken neben der Musikbox, ein Schulbuch auf den Knien. Alle anderen sind entweder mit der Siegerehrung für Hein beschäftigt oder streiten sich mit den Pun-kern.

Wenn wir Jäger, sagt Huppertz endlich, im

Herbst von früh bis spät durch Feld und Wald gezogen sind, Nebel, Sturm und Regen getrotzt haben —

Werd nicht poetisch, Huppertz, sagt Kalle. Komm zur Sache.

— dann leisten wir uns abends in der Jagdhütte schon mal was Besonderes. Gute Tropfen, ne dicke Zigarre. Vergangenes Jahr am dritten November, Hubertustag, hatten wir ne Blonde da, erstklassig gebaut —

Huppertz' geschulte Jägeraugen halten erneut Ausschau nach unerwünschten Lauschern. Vor allem Keith hat er im Visier, doch der ist anscheinend eingeschlafen. Kalle nagt an seiner Unterlippe, Radermacher schwitzt. Mit fliegenden Händen steht Ulla am Zapfhahn. Hein, der Bewunderung für seine unwiderstehliche Linke überdrüssig, hat ein Fenster geöffnet, besorgte Blicke zum Himmel.

Mach's nicht so spannend, Huppertz, sagt Kalle.

Der Blonden haben wir, Huppertz senkt die Stimme, Hühnereier reingeschoben, jede Menge. Zwischen die Lippen, aber nicht in den Mund.

Glühbirnen zittern. Am schwarzen Himmel explodiert ein Feuerwerk. Ein Taxi, schnell! ruft Hein in den Telefonhörer. Hagelkörner erschlagen die Schwüle. Autobesitzer rennen nach draußen, um Chrom und Blech zu retten. Ulla läßt das Tablett

fallen, Scherbenhaufen und ein Teppich aus Bierschaum.

Radermacher, hinter die Theke!

Zu Befehl, Herr Major!

Radermacher steht stramm, grüßt militärisch
und krempelt wichtigtuerisch die Ärmel hoch.

Kalle, du kellnerst!

Ich hab Sonntag ein Spiel –

Besseres Training gibt's nicht.

Wohin? fragt der Taxifahrer.

Kreuz und quer, sagt Hein. Er macht sich auf
dem Rücksitz breit, legt einen Arm um Ullas heftig
zuckende Schulter und versucht, ihr Wimmern
wegzuküssen. Keith sitzt starr auf seinem Schoß.
An einem geschlossenen Auto prallen die Blitze ab,
predigt Hein. Das ist ein physikalisches Gesetz. Fa-
raday hat das schon vor hundertfünfzig Jahren entdeckt. In England. Vor hundertfünfzig Jahren gab's
keine Autos, sagt Keith. Ulla schreit auf.

Es ist physikalisches Gesetz, hundertprozentig,
sagt Hein mit der Zuversicht eines Lottokönigs.
Uns kann nichts geschehn.

Was ist los, Angst vor Gewitter? Der Fahrer
lacht. Ich hab nur Angst vor dem Finanzamt.

Such nen Sender mit englischer Musik und halt
gefälligst die Klappe!

Blitze in rascher Folge, Ulla trifft fast der Schlag.

Auch Keith zappelt. Hein pfeift ein lustiges Lied-
chen, macht auf Sehenswürdigkeiten am Straßen-
rand aufmerksam. Die Scheibenwischer geben ihr
Bestes, Reifen schwimmen, drehen durch. Der
Radiosprecher kündigt ein Stück von *Dexy's Mid-*
night Runners an. Blitzlicht, Paukenschläge, Ulla
kreischt.

Erwin Radermacher, sagt Hein und kichert vor-
freudig, hatte bis vor drei Jahren eine gutgehende
Geflügelzucht. Freilaufende Suppenhühner und
Brathähnchen. Eier, die nicht nach Fischmehl
schmeckten. Seine Kundschaft kam sogar aus Köln
und Düsseldorf, die wollten ein gutes Gewissen haben und gesund leben. Radermacher trank keinen
Schnaps, sondern Whiskey. Alles lief bestens bis zu
einem Sonntag im Juni. Schönes Wetter, das Federvieh kriegte ne Sonderration Futter, dann schob
Erwin seine doppelzentnerschwere Frau und den
taubstummen Paul in den nagelneuen Wagen. In die
Südeifel sollte es gehn, Bitburg, Prüm, Erwin hat
da Verwandtschaft. Er muß wohl ein Hinweisschild
übersehen haben, denn man landet in Lüttich. Auch
nicht schlecht. In jeder Kneipe hundert Sorten Bier,
das leckere belgische Essen, Sahnekuchen so groß
wie'n Einfamilienhaus. Paul bekleckert sich von
oben bis unten, nicht tragisch, die Belgier nehmen's
nicht so genau.

Für Museen und Denkmäler interessiert sich Erwin nicht, ihn zieht's zum Flohmarkt, kilometerlang am Ufer der Maas. Vom rostigen Nagel bis zur Weltraumrakete: alles da. Erwins Frau wiegt ein großes Schutzengelbild in den Händen, für's Schlafzimmer, sagt sie. Her damit. Paul will unbedingt einen Wehrmachtsstahlhelm, vier Nummern zu groß. Was soll's, der Kopf wächst ja noch. Paul ist jetzt nicht nur taubstumm, sondern auch blind. Er läuft gegen einen Laternenpfahl, zum Glück hat er den Stahlhelm.

Dann Schnattern, Bellen, Krähen und Miauen, gottserbärmlich. Erwins gutes Herz fängt an zu bluten. Arme Tierchen, massenhaft in viel zu enge Gefängnisse gequetscht. Diese Belgier! Erwin bleibt vor einem Käfig stehn, in dem sich fünfzig schneeweiße Hähnchen nicht bewegen können. Einige sind schon tot. Seht euch das an! Erwins Frau sieht hin und gleich wieder weg, Paul kann erst gar nicht hinsehn, Stahlhelm bis zur Unterlippe.

Congo, sagt der Verkäufer. Noir.

Kongo, dolmetscht Erwin. Das sind Kongohähnchen aus Schwarzafrika.

Der Verkäufer zieht dicke Handschuhe an, bevor er fünf Hähnchen in einen Karton stopft. Diese Belgier. Erwin zieht nie Handschuhe an, wenn er seine Hähne anfaßt.

Auf der Rückfahrt, irgendwo zwischen Verviers und Eupen, steckt Paul seinen Zeigefinger in den Karton. Als er ihn geschwind wieder herauszieht, fließen Tränen und viel Blut.

Paß auf, daß der mir nicht den neuen Wagen versaut! schreit Erwin seine Frau an.

Die sind ja gefährlich, die afrikanischen Biester! schreit die zurück.

Gefährlich? Sind doch viel kleiner als deutsche!

Am nächsten Morgen ist es verdächtig still auf dem Hühnerhof. Kein Hahn kräht, die Hühner stehen wie festgefroren herum, glucken und picken nicht. Im Stall hocken müde die Kongohähnchen auf der obersten Sprosse der Leiter, das schneeweiße Gefieder blutrot. Alle rheinischen Hähne, hundertfünfzig Stück, liegen am Boden, niedergemetzelt, in Blut gebadet, liquidiert.

Erwin stößt einen Schrei aus, laut genug, um Tote zu wecken. Seine Hähne aber schlafen weiter. Erwin zieht Handschuhe an, bevor er zum Beil greift. Die Kampfhähne sind so zäh, daß sie noch zehn Minuten nach ihrer Enthauptung kopflos umherrennen.

Ein paar Wochen später kriegt Erwin einen zweiten Nervenzusammenbruch. Es stellt sich heraus, daß die Kongohähnchen nicht nur Massenmord begangen haben. Sie haben auch vergewaltigt.

Ihre Nachfahren sind unter dem schneeweißen Gefieder schwarz wie Teer. Keiner der Kunden, auch nicht die aus Köln und Düsseldorf, denen Erwin das schwarze Fleisch als besondere Delikatesse schmackhaft zu machen versucht, kann sich mit der ungewohnten Farbe anfreunden. Die Hähnchen aus Afrika, halbe Portionen eigentlich, haben in einer Nacht ganze Arbeit geleistet. Erwin ist ruiniert, ein Fall fürs Sozialamt. Sein Arzt schickt ihn für sechs Wochen zur Kur auf eine Nordseeinsel.

Du immer mit deinen Geschichten, sagt der Taxifahrer.

Wieviel? fragt Hein.

Hundertvierzig.

Beim nächsten Gewitter, flüstert Hein, denn Keith ist auf seinem Schoß eingeschlafen, miete ich uns ein Taxi mit Vorhängen, Wasserbett und Bar. So nen richtigen Gangsterschlitten, zehn Meter lang.

Ich liebe dich, sagt Ulla.

Hein geht mit Fäusten und Füßen auf die Musikbox los. Er zerrt alle englischen Platten heraus, bearbeitet sie mit dem Hammer, den er sonst zum Faßanschlagen benutzt. In seiner Wut verliert er die Übersicht. Auch unschuldige Märsche, Schlager und rheinische Mundartlieder fallen ihm in die rachsüchtigen Finger. Als er seinen Daumen trifft,

schleudert er zwei Schnapsflaschen in den Gläser-
schrank. Bombenhagel, schlimmer als jedes Gewitter. Nicht einmal die heilige Jungfrau Maria kommt
ungeschoren davon, sie stürzt vom Regalbrett in
den Abgrund, Gott steh ihr bei.

Keith schließt sich in der Toilette ein, dort hängt,
gerahmt und hinter entspiegeltem Glas, ein Plakat
vom Spiel des Jahrhunderts. *FC 69 Lichtenstein –
Manchester United. In Bestbesetzung! Mit 4 englischen und 2 schottischen Nationalspielern! Vor dem
Spiel und in der Halbzeitpause spielt die Blaskapelle
Harmonia Lichtenstein. Nach dem Spiel Freibier!*

Hein fleht, droht und brüllt. Keith kann ihn
nicht verstehn, seine lauten Tränen machen ihn
taub. Hein tritt die Tür ein. Er packt Keith, hebt ihn
hoch, schüttelt ihn. Knöpfe fliegen weg, das Hemd
reißt. Keith röchelt und japst. Ich bring dich ins
Waisenhaus, wenn du nicht augenblicklich mit dem
Geflenne aufhörst, du Fettsack!

Hein trinkt Cognac aus der Flasche, Glucksen
und Schnaufen, sein Kehlkopf springt Trampolin.
Keith liegt auf dem Sofa, er schnappt nach Luft, die
Hände vor dem Gesicht. Hein gibt ihm schulfrei,
Keith hat keine Stimme mehr, selbst das Krächzen
fällt ihm schwer. Mit den verheulten Augen kannst
du nicht unter die Leute.

Nachdem Hein zwei Zigarillos und drei Tassen

Cognac gefrühstückt hat, klemmt er sich einen Lederball unter den Arm und nimmt Keith an die Hand, Schraubstockgriff. Bis zum Sportplatz sind es zwar nur vierhundert Meter, trotzdem brauchen sie eine halbe Stunde für die Strecke. Keith sträubt und windet sich, er geht in die Hocke wie ein Skiläufer beim Abfahrtsrennen. Er läßt sich schleifen, ein sperriger, überladener Kohlensack. Ununterbrochen die Bremsspur, die seine Schuhe hinterlassen. Hein summt lächelnd und mit knirschenden Zähnen ein Lied. Er muß, obwohl völlig ausgelastet, viele Grüße erwidern, für Witzchen und Komplimente hat er allerdings heute keine Zeit, kein Ohr für Sorgen und Nöte.

Was ist mit dem Jungen, kann er nicht gehn?

Gar nichts ist mit dem Jungen, was soll schon sein. Ein bißchen erkältet ist er und müde vom Wandern.

Hein zieht weiter, Keith rutscht hinterher. Aus dir mache ich einen Fußballer, verlaß dich drauf, Kies. Einen Mittelstürmer, hörst du! Entschlossen drückt Hein Keith' Hand noch fester. Ein paar Fünfjährige werden eingesammelt, Mit- und Gegenspieler für Keith. Sie glotzen wegen der Rutscherei, stellen dumme Fragen. Allmählich gibt Keith seinen Widerstand auf. Nach Aufwärmübungen unter stechender Sonne beginnt das Spiel. Beiß dich durch, Kies. Mach sie naß, Junge. Ran an den Feind. Keine Gnade, schieß doch! Keith, fast zehn, ist den Fünfjährigen nicht gewachsen. Die sind gewitzter und gelenkiger, ehrgeizig, aber nicht übereifrig. Die lassen ihn ins Leere laufen. Der Ball klebt ihnen am Fuß, sie springen hoch wie schwerelos. Keith wird seiner Behäbigkeit nicht Herr. Ihm fehlt die gesunde Härte. Aus Sorge um seine Brille zieht er bei hohen Bällen den Kopf ein, verläuft sich im Sande, stolpert über seine eigenen Beine. Wie ein hölzernes Pferd, ruft Hein, keine Augen im Kopf. Keith humpelt wie schwer verletzt vom Platz. Hein redet von grauen Haaren, verdorbenem Magen und Migräne. Das alles kriegt er, wenn er Keith sieht. Nicht mal zum Ballaufpumper taugst du!

Keith, eine Wunderheilung, läuft weg, so schnell wie ein Mittelstürmer. Hein fehlen die Worte. Fünf Minuten später steht Keith vor verschlossenen Kneipentüren. Er setzt sich auf eine Treppenstufe, putzt seine beschlagene Brille am schweißnassen Unterhemd ab. Der taubstumme Paul geht vorbei, ohne Stahlhelm. Er verdreht die Augen, schneidet Gesichter, nicht richtig im Kopf. Gurrt wie eine angeschossene Taube. Lutscht an einem Fünfmarkstück, Spucke tropft aus seinem schokoladeverschmierten Mund. Der Stein, den Keith wirft, verfehlt knapp das Ziel.

Keith liegt überlegen 4:2 in Führung. Er kniet sich rein, kennt keine Gnade, trumpft auf. Er beißt sich durch. Unbedingter Siegeswille. Wie wochenlang ausgehungert stürzt er sich auf das Frühstück, Rührei mit Speck auf saftigem Schwarzbrot, Heins Lieblingsfrühstück. Eine überfrachtete Brotscheibe nach der anderen verleibt Keith sich ein, durchtrainierte Kaumuskulatur. Denk daran, ein geplatzter Bauch muß mit fünfzig Stichen ohne Betäubung genäht werden, sagt Hein gereizt. Doch Keith vertraut auf sein dickes Fell, er beweist gesunde Härte, geht bis an seine Leistungsgrenze, überschreitet sie. Rührei mit Speck auf saftigem Schwarzbrot ist auch sein Lieblingsfrühstück. Ohne Pause stopft und würgt er, schlägt alles in sich hinein: 5:2!

Die klare, uneinholbare Führung verdankt Keith auch seiner Disziplin, kontrollierte Offensive, eine taktische Meisterleistung: Indem er auf Butter und Milchkaffee verzichtet, gewinnt er entscheidende Sekunden. Raffiniert! Hein dagegen zollt seiner Koffeinsucht Tribut und müht sich mit der harten Kühlschrankbutter ab.

Kurz vor dem 6:2 schiebt Hein Teller, Tasse und Besteck laut und weit von sich. Der Eifer des Gefechts ist ihm auf den Magen geschlagen und hat ihm den Appetit gründlich verdorben. Dieses Schmatzen, wie im Urwald, die starren Augen, rücksichtslos auf den eigenen Vorteil gerichtet. Aufgeblähte Backen, dieses Mampfen. Große Brote fressen, aber kleine Kinder bestehlen, sagt Hein.

Erwin Radermacher hatte sich vor dem Tresen aufgebaut, Rachegott, Lynchmob, und vor allen Anwesenden den Fall mit dem gestohlenen Fünfmarkstück ausposaunt. Sein Sohn Paul, rot wie Tomatensoße und einen Blick im Gesicht, der ihn als bissiges Opferlamm auswies, hatte mit fünf spitzen Fingern auf Keith gezeigt.

Mit den Fingern rumfuchteln, das kann jeder Idiot, sagte Hein. Das hat keinerlei Beweiskraft. Wenn dein Söhnchen was gegen Kies vorzubringen hat, dann soll er es sagen. Und zwar laut und deutlich.

Alle außer Erwin und Keith lachten. Auch Paul lachte, rollte die Augen. Keith' Unterlippe zitterte. Radermachers Hals schwoll an, dunkelrot und mit gepreßter Stimme sagte er zu Hein: Wie lange bin ich Stammgast bei dir, he?

Seit zwanzig Jahren geht mir deine blöde Visage auf die Nerven, antwortete Hein. In zwanzig Sekunden möchte ich dich und deinen Krüppel hier nicht mehr sehen, verstanden?

Vier Muskelberge, Steinbrucharbeiter, Lkw-Fahrer, waren nötig, um Erwin Radermacher festzuhalten und abzuführen. Mach so was nie wieder, schwör's, hat Hein zu Keith gesagt, und jetzt: Schwamm drüber. Hein hat Ullas Wunsch erfüllt, den sie auf die Rückseite eines Bierdeckels geschrieben hatte. *Paß gut auf Keith auf. Ich bin bald zurück.*

Mißmutig leistet Huppertz seinen Freundschaftsdienst hinter dem Tresen ab. Er ist das ewige Lästern über seinen Jägerhut leid; zweimal schon hat er ihn heute gelüftet, zum Beweis, daß er Hutträger aus Leidenschaft ist, nicht wegen einer Glatze. Kalle kellnert, denn ein besseres Training gibt es nicht. Seine Frau Rita kümmert sich um Keith. Sie hat ihm bei den Schulaufgaben geholfen, Dezimalrechnungen, ein Aufsatz über die Antarktis, hat Fischstäbchen für ihn gebraten, Pudding gekocht und ihn Punkt halb neun ins Bett geschickt — ungewöhnlich früh für Keith, aber er hat mit langem Gesicht gehorcht.

Lippenstift klebt auf seinen Wangen, Ritas Gutenachtküsse. Er betrachtet die Abdrücke im Spiegel, wischt sie nicht ab. Hein ist nachmittags mit dem Zug nach Köln gefahren, er wollte sich vor der Rundfunksendung die Stadt ansehen und einen alten Bekannten besuchen.

Rita schaltet das Radio ein. Keuchhustengelächter wird aus der Kneipe ins Wohnzimmer hochgeblasen. Vielleicht hat Huppertz zum drittenmal seinen unversehrten Haarschopf präsentieren müssen. Rita vergewissert sich, daß sie den richtigen Sender eingeschaltet hat, WDR 3. Sie erschrickt, als sie Keith bemerkt, versteckt hinter Heins Lieblingssessel, barfuß, im verwaschenen Schlafanzug, aus dem er seit Monaten herausgewachsen ist.

Belauerst du mich schon lange?

Wann kommt Ulla zurück? fragt Keith mit jämmerlicher Stimme.

Bald.

Wann genau?

Bald, ganz bald. Sei lieb, leg dich wieder hin. Hein bringt dir bestimmt was Schönes aus Köln mit.

Guten Abend, liebe Hörerinnen und Hörer draußen vor den Empfängern und hier im Saal. Heute vor einundvierzig Jahren begann mit dem Überfall Hitlerdeutschlands auf Polen der Zweite Weltkrieg. Anlaß für uns, die heutige Folge unserer Serie *Erlebte Geschichte* live aus dem Großen Sendesaal des Kölner Funkhauses zu übertragen. Als ersten Gast und Zeitzeugen darf ich ganz herzlich den Innenminister des Landes Nordrhein-Westfalen begrüßen –

Rita feilt an ihren Fingernägeln herum, blättert zwischendurch in einer Illustrierten. Hein hat den

Wohnzimmertisch reichlich für sie gedeckt: eine große Packung Pralinen, Knabbergebäck, Eierlikör, Wein und zwei Packungen Zigaretten. Rita nimmt mehrere Pralinen in die Hand, dreht und wendet sie, schnuppert an ihnen, bevor sie sich für eine in Goldpapier gewickelte Weinbrandbohne entscheidet.

Kann nicht schlafen.

Du mußt aber, Schätzchen. Morgen ist Schule.

Darf ich Radio hören?

Das ist keine Kindersendung. Ab ins Bett!

Keith schüttelt den Kopf, seine Mundwinkel zucken. Er weint mit starren Augen, geräuschlos, einen Meter von Ritas Sessel entfernt. Rita fährt sich mit beiden Händen durchs kurzgeschnittene, dunkle Haar. Wie alt bist du? fragt sie. Fast zehn? Das glaub ich nicht.

Sie erhebt sich, berührt im Vorbeigehn Keith' nasse Wangen. Sie schließt die Tür ab. Nein, das glaub ich nicht, sagt sie wieder. Du weinst wie ein Baby, ganz genau so. Du bist drei Monate alt, höchstens vier. Ich glaub, ich muß dir die Brust geben. Danach schläfst du bestimmt ein, mein Prinzchen.

— uns vor Augen führen, daß allein die Sowjetunion mehr als zwanzig Millionen Tote in diesem von Deutschland begonnenen Krieg zu beklagen hatte —

Diese Zahl ist eine stalinistische Propaganda-lüge, verehrter Herr Kollege.

Unglaublich! Wie können Sie es wagen —

Du hast ja ganz kalte Finger, sagt Rita und führt Keith' Hände zu einer warmen Stelle. Die Frau von Kalle, der das Ehrentor gegen Manchester United schoß, der dem englischen Nationaltorhüter ein Ei ins Nest legte, von dem man heute noch spricht, sagt: Schön warm, ja? Gefällt dir das?

Gefällt mir gar nicht, der Junge, sagte der Trainer der D-Jugendmannschaft nach Keith' erstem Spiel. Steht nur rum, der Kerl, kein Einsatz, Ballgefühl wie'n Querschnittsgelähmter. Totale Niete, wenn du mich fragst.

Beckenbauer war auch nicht von Anfang an Weltklasse, antwortete Hein. Hab Geduld mit dem Jungen. Mach nen Mittelstürmer aus ihm!

Ich bin nicht Jesus, der die Lahmen heilte. Nächste Woche gegen Borussia stell ich ihn jedenfalls nicht auf.

Und ob du das tun wirst, sagte Hein, der Ver-einspräsident.

Auf keinen Fall. Der Erich ist tausendmal besser. Der wird spielen.

Dein letztes Wort?

Der Trainer nickte.

Pack deine Sachen, du bist gefeuert.

Erich, der sonst das Trikot mit der Nummer neun trug, hatte am Spielfeldrand gestanden, andauernd »Stink, du lahme Ente« gerufen und andere Zuschauer mit seinem höhnischen Lachen angesteckt. Dabei hatte Keith gar nicht gestunken, denn er schwitzte nicht. Eine flüchtige Ballberührung in neunzig Minuten. Ein gegnerischer Verteidiger hatte ihm sofort nach Anpfiff einen Tritt gegen das Schienbein verpaßt, eine Warnung, die Keith sich zu Herzen nahm. Und für seine Mannschaftskameraden war er sowieso Luft, kein einziges Zuspiel. Alle zehn Sekunden schaute Keith zur Stadionuhr.

Morgens hatte er lange vor dem Spiegel gestanden, auf den Fußballen gewippt, Torjubel in den Ohren. Die schwarze Hose, das schwarz-blau längsgestreifte Hemd. Wie Inter Mailand! Von unten tönte *Fußball ist unser Leben*. Auf dem Rücken die Nummer neun, die Starnummer. Auf der Brust das Vereinswappen: der Elefant, der seinen Rüssel zu einer 6 und den Schwanz zu einer 9 ringelt. Die gefürchteten Neunundsechziger! Denk immer dran: Es ist eine Ehre, für Lichtenstein zu spielen! In Schwarz und Blau ist Keith zum Sportplatz geschwebt, wie einer, der säckeweise Autogrammwünsche und Verehrerinnenpost erhält. Als das Spiel aus war, wußte er nicht mal das Ergebnis.

Hilfst du mir mit dem Reißverschluß? fragt Rita. Ich bin so ungeschickt!

Keith, stumm wie Paul, schüttelt den Kopf. Er versucht, sich zu befreien, doch Rita hat ihn fest in der Hand.

Wenn du mir nicht hilfst, beschwer ich mich bei Hein, das sag ich dir! Komm schon, starker Mann!

Nachdem wir uns bislang hauptsächlich mit dem Ausbruch des Krieges beschäftigt haben, verehrte Hörerinnen und Hörer, möchte ich Ihnen nun Heinrich Schnitzler, den letzten Gast des Abends, vorstellen. Herr Schnitzler hatte ein Erlebnis bei Kriegsende, das, wie ich finde, den Wahn des Krieges besonders deutlich —

Guten Abend. Zunächst möchte ich ein Problem ansprechen, das wir in Lichtenstein haben. Seit Jahren steht bei uns ein Fabrikgebäude ungenutzt leer. Die Politiker haben uns immer wieder versprochen, ein Bürgerzentrum —

Herr Schnitzler, Entschuldigung, aber —

Das Gebäude ist Eigentum des Landes. Und wenn ich schon die Ehre und das große Glück habe, neben dem Innenminister sitzen zu dürfen, dann möchte ich doch die Gelegenheit nutzen und Sie fragen, Herr Minister —

Ist das schön? Gefällt dir das? Und das hier auch?

In der Eile hat Keith weder eine Leiter noch weiße Farbe gefunden, nur roten Lack und einen klapprigen Stuhl. Doch der ist zu niedrig, Keith kann den Querbalken des Tors nicht erreichen.

Wenige Laufschritte vom Fußballplatz entfernt wohnt Huppertz. Sein Dackel knurrt und bellt, seine Frau wedelt ablehnend mit der Fernsehzeitung, erschreckt mit Faltengesicht und Lockenwicklern. Dennoch schiebt sich Keith an beiden vorbei. Im Flur hängt ein Geweih neben dem anderen. Er hört Plätschern und falschen Gesang, hemmungsloses Schniefen. Ohne anzuklopfen öffnet er die Badezimmertür. Freitagabend, Huppertz liegt in der dampfenden Wanne, spielt Wal, keine Spur von seinem Jägerhut. Wasser und Schaum schwappen auf Keith' Schuhe. Verdammt, sagt Huppertz, verdammt. Auch er hat keine weiße Farbe, die ist bei der letzten Renovierung restlos draufgegangen. Nehmen wir blaue und schwarze, die Vereinsfarben, sagt er zu Keith. Deine rote ist zu auffällig.

Im Keller liegt eine Leiter aus Leichtmetall, eine hölzerne mit riskanten Sprossen lehnt im Garten am Kirschbaum. Mit nassen Haaren! ruft Huppertz' Frau. Den Tod wirst du dir holen! Ich hab doch den Hut, ruft Huppertz zurück.

Seine Nachbarn verrenken sich den Hals, Gardinen schwingen unauffällig. Keith und Huppertz, der noch Badeschaum in den Ohren hat, blicken starr geradeaus, geschulterte Leitern, Anstreicherwerkzeug in der Hand. Ein Windstoß bläht Huppertz' grauen Handwerkerkittel. Den Tod werd ich mir holen, sagt er.

Auf dem Fußballplatz angelangt, spuckt er seinen Zigarrenstummel auf den Elfmeterpunkt. Dann klettert er die Holzleiter hoch, Ächzen und Schnaufen, die Sprossen quietschen. Die Farbe ist noch nicht trocken, ruft er. Vielleicht hat außer dir noch keiner die Schweinerei gesehen. Auf jeden Fall: Kein Wort zu Hein, verstanden! Keith nickt und wandert zum anderen Tor. Seine Schulter schmerzt vom Leitertragen, sein Pinsel leidet an Haarausfall. *Hein Schnitzler ist die größte Drecksau* hat jemand auf die Querbalken beider Tore geschrieben.

Wegen der farbverschmierten Hose, für die er keine Erklärung hat, wird Keith von Hein mit zwei Ohrfeigen bestraft, mitten in der Kneipe, vor allen Leuten. Verstocktes Aas, dich bring ich ins Waisenhaus zu den schwarzen Nonnen!

Ich hab heute Geburtstag.

Ja – und? Hab dir doch neulich erst die Fußballschuhe geschenkt.

Ach so.

Es ist Sonntag, aber es gibt kein Rührei mit Speck, nur Marmelade und Weißbrot, das sich vor Trockenheit biegt. Auf der Anrichte neben dem Herd eine Sammlung leerer Konservendosen und zerknüllter Tüten: Erbsensuppe, Linsensuppe, Bohnensuppe, Pichelsteiner Eintopf, italienische Tomatensuppe, Nudelsuppe, Hühnersuppe, Rindfleischsuppe, Gulaschsuppe; Mittagessen der vergangenen Wochen. Das Spülbecken allerdings glänzt, kein Porzellan türmt sich mehr, seit Hein zu Wegwerftellern und Einweglöffeln übergegangen ist.

Na gut, sagt er nach der vierten Tasse Kaffee, kriegst fünf Mark, wenn du mir folgende Frage richtig beantwortest –

Hein greift in seine Gesäßtasche, holt sein Portemonnaie hervor, öffnet es umständlich. Er legt ein glänzendes Fünfmarkstück auf den Küchentisch, schiebt es langsam auf Keith zu. Der schluckt, kratzt sich weiße Striemen auf den Unterarm. Wer stand bei der Weltmeisterschaft sechsundsechzig in England in allen sechs Spielen im deutschen Tor?

Das Fünfmarkstück liegt zum Greifen nah.

Tilkowski.

Wer? Hans Tilkowski?

Nein, Maier.

Wer denn nun? In fünf Sekunden mußt du dich entschieden haben, ich seh auf die Uhr.

Maier.

Heins Hand flattert durch die Luft, ein Vogel mit einer Ladung Schrot im Bauch, aber zäh; verzweifelt wehrt er sich gegen den Absturz und landet doch mit lautem Knall auf dem Silbergeld. Mit einer geschmeidigen Oberkellnerbewegung schnappt Hein Keith den Gewinn vor der Nase weg.

Tilkowski!

Keith' Unterlippe zittert.

Nur, weil du angeblich Geburtstag hast, geb ich dir noch ne Chance. Die allerletzte.

Er schiebt das Fünfmarkstück wieder langsam auf Keith zu. Unten in der Kneipe klirren Teller und Tassen, es wird gehämmert und gelacht. Huppertz' Tochter feiert heute Verlobung bei uns, hat Hein gesagt und darauf bestanden, daß Keith ein weißes Hemd und eine saubere Hose anzieht.

Bist du bereit? Volle Konzentration?

Ja, sagt Keith heiser.

Was ganz Leichtes, hast ja Geburtstag. Der zweithöchste Sieg unserer Nationalmannschaft?

12:0 gegen Zypern, sagt Keith sofort. Die Sonne scheint durchs ungeputzte Fenster, strahlt sein bleiches Lächeln an.

Richtig! sagt Hein.

Keith' Lippen öffnen sich zum Hurraschrei, er streckt die Hand nach dem Siegerpreis aus.

Oder falsch, sagt Hein. Richtig oder falsch, das ist die Frage.

Hein summt eine Operettenmelodie, Pokerface. Seine Finger trippeln auf das Fünfmarkstück zu, umkreisen es, zweimal, dreimal, viermal, tasten es ab, vorsichtig, als wäre es brennend heiß, entfernen sich wieder. Keith atmet auf. Falsch! schreit Hein. Seine Hand saust zum Geld, begräbt es unter sich. 13:0 gegen Finnland! Knapp vorbei ist auch daneben! Mußt eben besser aufpassen, wenn man dir was erzählt.

Es klopft an der Tür. Wir schaffen's nicht, sagt Rita. Die ersten Verlobungsgäste sind gleich da. Kies muß uns helfen. Die Kneipe ist mit Luftschlangen, Ballons und Girlanden geschmückt. Weiße Decken auf den Tischen, darauf Schüsseln voll Rührei mit Speck, saftiges Schwarzbrot in Bastkörbchen, Wurst- und Käseplatten, große Sahne- und Obstkuchen. Rita zwinkert Keith zu. Seine Wangen beginnen zu glühen.

Zwei Frauen aus der Nachbarschaft schleppen Limonadeflaschen, heißen Kakao. Sie zupfen an Blumensträußen, geben Besteck und Porzellan den letzten Schliff. Vor dem Tresen steht etwas, das in Form und Größe an ein Pony erinnert. Es ist vollständig mit einem schwarzen Tuch verhängt. Das Verlobungsgeschenk, sagt Rita. Hände weg!

Gemurmel vor der Tür, unterdrücktes Kichern.

Das werden die Gäste sein, sagt Rita. Kies, machst du bitte die Tür auf.

Draußen an der Tür hängt ein Schild: *Geschlossene Gesellschaft.* Zwei Mädchen im Sonntagskleid stehen auf der obersten Treppenstufe, eine Blockflöte am Mund. Drei, vier! kommandiert jemand. Keith' Mitschüler singen, brüllen, grölen *Happy birthday to you,* die ganze Klasse ist da, sogar Erich, der frühere Mittelstürmer der D-Jugendmannschaft und jetzige Edelreservist, fehlt nicht.

Keith weicht zurück, seine Flucht endet in Ritas Armen. Sie küßt und tätschelt seine Wangen, reicht ihn weiter an Hein, der hebt ihn hoch, drückt ihn ans modische C&A-Jackett, an die parfümierte Krawatte. Es regnet Seifenblasen, schneit Konfetti. Keith läßt die Gratulationen über sich ergehen wie ein ausgezählter Boxer; wach wird er erst wieder, als Erich seine Hand schüttelt und ihm dabei fast alle fünf Finger bricht. Keith soll Kerzen ausblasen, die Luft bleibt ihm weg. Erich lacht. Hein lüftet das schwarze Tuch, enthüllt das Geschenk: ein Rennrad mit einundzwanzig Gängen! Gut für die Kondition und Beinmuskulatur, ein Mittelstürmer braucht beides unbedingt. Ich spiel nächste Saison beim SV Breinig, sagt Erich. Keith muß eine Probefahrt auf dem Parkplatz vor der Kneipe machen.

Das Rennrad ist zu groß für ihn, beim übereifrigen Aufsteigen quetscht er sich die Hoden. Schmerzverzerrt kommt er mit den vielen Gängen nicht zurecht. Weil er die Bremse nicht findet, muß Hein, als ein schnelles Auto naht, um Keith' Leben rennen.

Alle stürzen sich auf die Kuchen, Keith kriegt keinen Bissen hinunter. Hein kündigt einen Zauberer an, der auch Feuerschlucken und Witze erzählen kann. Freust du dich, Kies? fragt er immer wieder. Dann überreicht er einen Brief, englische Briefmarken, bunte Schleifen. Die Schleifen sind ein Problem, das eine geschickte Mitschülerin für Keith löst. Ulla hat ihm eine Autogrammkarte mit echter Unterschrift und Widmung von Keith Richards, dem Gitarristen der Rolling Stones, geschickt.

Keith sieht einem versoffenen Kerl in die Augen. Ungekämmte, struppige Haare, Zigarette im Mundwinkel. Sittenstrolchgrinsen. Ulla schreibt, sie werde um die Mittagszeit aus London anrufen.

Freust du dich? fragt Hein. Er blickt ungeduldig auf seine Armbanduhr. Der Zauberer müßte längst da sein! Sowieso Kinderkram, sagt Erich und winkt Keith mit einer Käsescheibe zu. Dä stinkt, dä Kies!

Das Telefon läutet, Keith springt auf, aber es ist bloß der Zauberer, er hat entzündete Mandeln und neununddreißigsieben Fieber. Während Hein den

Kranken laut beschimpft, geht Keith zu seinem Ehrenplatz zurück. Er setzt sich, alle lachen. Keith rutscht unruhig auf seinem Stuhl hin und her. Er hat sich auf eine Käsescheibe gesetzt, die klebt jetzt an seinem Hintern. Stink stinkt!

Die Gewürzgurke, die Keith wirft, ist für Erichs Kopf bestimmt, trifft aber dessen Platznachbarn. Der fackelt nicht lange und greift zum Kirschkuchen. Stühle stürzen um, bald darauf ein Tisch; Girlanden reißen.

Keith sitzt vor dem taubstummen Telefon. Die Krawatte über die linke Schulter geworfen, trinkt Hein Cognac aus der Tasse. Nächsten Samstag gegen den VfL machst du dein erstes Tor, garantiert, sagt er wie zu sich selbst. Keith Richards, schuld an dem ganzen Schlamassel, liegt von vielen leeren Konservendosen gesteinigt im Abfalleimer.

Am dritten Januar 1949 nahm Dizzy Gillespie das Stück *Victory Ball* auf, sagt der Radiosprecher. Neben Gillespie spielten Miles Davis und Fats Navarro Trompete, Charlie Parker Altsaxophon, Charlie Ventura Tenorsaxo –

Jazz! Hein sucht einen anderen Sender, gießt sich Cognac nach. Neunundvierzig, sagt er, hab ich geheiratet, das schönste Mädchen weit und breit. Annegret war groß, blond und sehr wählerisch. Sie hatte viele Verehrer. Mein größter Rivale war mein bester Freund Walter Huppertz. Pech, daß wir beide uns in dieselbe Frau verliebt hatten. Samstagabends ging Annegret mit mir zum Tanz, sonntags ließ sie sich von Walter verwöhnen. Dieses ewige Hin und Her gefiel ihr, im Gegensatz zu Walter und mir. Unsere Freundschaft war in Gefahr, weil Annegret unentschieden zwischen uns stand.

Da traf ich sie Anfang Januar auf der Straße, ungewöhnlich mild war es, die Eiszapfen schwitzten. Willst du meine Frau werden? fragte ich Annegret sofort. Das fragte ich sie jedesmal, wenn sie mir begegnete. Bin immer ein Draufgänger gewesen, Kies. Wer weiß, antwortete sie und lächelte kokett. Sie hatte es eilig, Trippelschritte auf der Stelle, Blicke voller Ungeduld, trotzdem hielt ich sie sanft am Arm fest, zwang ihr ein Gespräch auf. Ich redete von meiner Liebe zu ihr, meiner bedrohten Freundschaft zu Walter, und daß das alles nicht mehr so weitergehen könne.

Annegret hüpfte von einem Bein aufs andere, wie ein Schulmädchen, das einen Abzählreim singt. Sah komisch aus, wo sie doch sonst immer so würdevoll tat, die feine Dame aus den besseren Kreisen. Ich muß weg! sagte sie wütend. Nicht, bevor du dich entschieden hast, erwiderte ich. Wirst du mich heiraten?

Tausend Blitze waren in ihren Augen, ihre Zähne knirschten. Ich wollte aufgeben, hatte alles ruiniert mit meiner Ungeduld, meinem Drängen, Walter hatte gewonnen. Ich würde ihm gratulieren, aber nicht zu seiner Hochzeit gehn. Da sagte Annegret: Ja. Ohne Begeisterung zwar, doch selbst für einen Schwerhörigen laut genug. Ich umarmte sie und einen alten Mann, der mit Besen und Schneeschaufel an uns vorbeistapfte. Annegret rannte los. Sie, eine elegante Erscheinung, lief höchst unelegant an diesem Tag, als hätte sie zwei Gipsbeine.

Zwei Wochen nach unserer Hochzeit, bei unserem ersten großen Streit, gestand sie, nur deshalb ja gesagt zu haben, weil sie dringend aufs Klo mußte. Ihre Blase sei um ein Haar geplatzt. Unter Zeitdruck habe sie sich falsch entschieden. Ihr Herz gehöre Walter, das wisse sie jetzt genau. Wurde ne schöne Ehe.

Hein lacht Tränen. Unten in der Kneipe wird geputzt und gescheuert, drei Frauen machen Überstunden. Keith' Hand liegt auf dem Telefonhörer. Erich hat, bevor er sich verabschiedete, eine Kuchengabel in den Hinterreifen des nagelneuen Rennrads gestoßen. Für jedes Tor, das du schießt, lallt Hein, geb ich dir fünf Mark. Du spielst für Geld, bist'n echter Profi, Kies! Freust du dich?

Nach der dritten Stunde ist schulfrei. Der Hubschrauber landet mit zehnminütiger Verspätung im Anstoßkreis des Fußballplatzes. Leibwächter kauen Kaugummi. Ein Polizeipferd erleichtert sich in aller Öffentlichkeit. Der Knabenchor singt in gebrochenem Englisch. Ein Kameramann gähnt. Die freiwillige Feuerwehr löscht einen selbstgelegten Brand. In Rekordzeit bauen Pfadfinder ein Zelt auf, im Anschluß Blasmusik. Freundlicher Applaus für den Minister, der, gegen ein pfeifendes Mikrofon ankämpfend, das demokratische Gemeinschaftsgefühl beschwört.

Die Leiterin der Frauenturngruppe steht in goldglänzender Schale bereit, um stellvertretend für alle beteiligten Vereine und Gruppen den Schlüssel für das Bürgerzentrum in Empfang zu nehmen. Doch am Ende seiner Rede geht der Minister auf Hein los, der in der fünften Zuhörerreihe steht, drückt beidhändig Heins Rechte, nennt ihn einen Schlawiner, einen alten Fuchs; ihn, den Minister, hätte Hein damals im Funkhaus gehörig ins Schwitzen und den Stein entscheidend ins Rollen gebracht.

Kameramann und Fotografen, eben noch um die aufgeregt mit ihrem Straß spielende Vorturnerin geschart, laufen zum neuen Ort des Geschehens über. Hein spreizt Zeige- und Mittelfinger zum Siegeszeichen, hebt den Schlüssel in die Höhe wie einen

Europacup. Laute Jubelrufe, Fahnen flattern und Glockengeläut. Abgeschirmt von Sicherheitskräften schreiten Hein und der Minister als vermeintlich erste über die Schwelle der umgebauten ehemaligen Glasmühle. Betäubender Holz- und Farbgeruch empfängt sie und dröhnende Gitarrenmusik. *The Schlappschwänz* brüllen: Ministerschweine wollen wir keine, bis die Polizei den Strom abdreht und Personalien aufnimmt.

Im dritten Fernsehprogramm des WDR, später am Abend, ist Keith beim Überreichen eines Blumenstraußes an den Minister zu sehen. Keith trägt das Mittelstürmertrikot der Neunundsechziger.

Mein Sohn, sagt Hein zum Minister.

Wie heißt du denn? fragt der.

Stink, Stink! rufen Keith' spalierstehende Mannschaftskameraden im Chor.

Grüne Tage

Hier ist Radio Lichtenstein, am Mikrofon Palma de Mallorca. Die genaue Zeit: In zweihundertneunundvierzig Minuten wird es einundzwanzig Uhr sieben sein. Und hier sind *New Order* aus Manchester mit ihrem Top-Ten-Hit *World in motion* —

Hast du dir die Scheiben angehört, die ich dir mitgebracht habe? fragt Ulla.

Teilweise, sagt Keith.

Und?

Ganz gut.

Ganz gut! Die *Happy Mondays* sind doch absolut fantastisch! Ich hab mal im selben Hotel gewohnt wie die. Nette Jungs, vor allem der Schlagzeuger.

Keith blinzelt. Seine Brille liegt auf dem Küchentisch zwischen leeren Flaschen, Gulaschsuppentassen und Aschenbechern; Überreste der Pyjama-Party, die Hein in den frühen Morgenstunden veranstaltet hat, als Ulla, wie immer unangemeldet, ins Haus geschneit ist.

Wie lange bleibst du diesmal? fragt Keith.

Mal sehen. Zwei, drei Tage vielleicht. Hängt davon ab, wann die Agentur anruft.

Agentur? Ist das so ne Art Hostessenservice?

Keith schreit auf. Ulla hat ihm mit der Schere ins Ohr gepiekst.

Mode! Total seriös, klar!

Macht nicht so'n Lärm! ruft Hein aus dem Schlafzimmer. Er hat die gebrochene Stimme eines Todgeweihten. Mein Kopf!

Armes krankes Schäfchen, ruft Ulla zurück; dabei verdreht sie die Augen, grinst Keith an. Soll ich dir eine Tablette bringen, Darling?

Hab schon fünf genommen. Heins Stöhnen ähnelt dem Gebetsgesang eines Muezzin. Bettfedern quietschen von fieberhaftem Wälzen.

Nachdem Ulla mit einem buschigen Pinsel abgeschnittene Haare aus Keith' Nacken und Gesicht entfernt hat, greift sie zu Schaum und Rasiermesser. Keith preßt die Lippen aufeinander. Hein hustet seine Lunge aus. Unter Ullas himmelblauem Friseusenkittel zeichnet sich rote Unterwäsche ab.

Du mußt mich besuchen in London, un-bedingt, sagt sie, während sie die Umgebung von Keith' rechtem Ohr kahlschneidet.

Ende Juli hätte ich ein paar Tage Zeit, sagt Keith.

Toll! Abgemacht! Dann feiern wir gemeinsam meinen Geburtstag. Das wird — Da fällt mir ein — Ende Juli wird meine Wohnung renoviert —

Letztes Mal mußtest du in letzter Sekunde nach Los Angeles. Und davor —

Ja, diese Modebranche! Privatleben hat man da kaum. So, schau dich mal an!

Keith fingert nach seiner Brille. Im Spiegel ein geschändeter Kopf. Herbstliche Stoppelfelder neben Augenweiden avantgardistischer Coiffeur-kunst: Krater, von kühn gezackten Strähnen und Büscheln umwachsen, Modell Stalingrad. Keith könnte in einem schlechten Film die Rolle des un-toten, irrsinnigen Serienkillers übernehmen.

Jetzt siehst du endlich erwachsen aus, sagt Ulla. Richtig vernünftig.

Ich mach das nicht zum Spaß, sagt Keith heiser.

Ja, ich weiß. Hoffentlich hilft's.

Bei nem Bekannten hat's jedenfalls geklappt.

Hein verlangt nach der Letzten Ölung. Ulla wik-kelt ein Badetuch um Keith' nackten Oberkörper, steckt prüfend den Zeigefinger in eine mit warmem Wasser gefüllte Schüssel.

Meinst du wirklich? fragt Keith. Vielleicht reicht's ja auch so —

Wenn schon, denn schon. Grün ist die Farbe der Hoffnung.

Radio Lichtenstein, Palma de Mallorca am Ap-parat. Hallo, wen haben wir jetzt in der Leitung?

Ja, hier ist der Günter aus Oberbruch.

Prima, Dieter. Du wolltest uns deinen Lieblings-witz erzählen, stimmt's?

Günter. Ich grüße den Siegfried in Jülich, den Engelbert in Eschweiler, die –

Dieter! Deinen Witz, bitte.

Dann wollte ich noch sagen, euren Sender find ich klasse. Ich hör den praktisch immer, meine Freundin auch –

Mir kommen fast die Tränen, aber du weißt ja, Glasaugen können nicht weinen. So, Dieter, raus mit der Sprache! Komm zur Sache, Baby, besorg's uns, wir brauchen's!

Also. Treff ich neulich meinen Freund Karl-Heinz. War drei Tage bettlägerig, sagt der zu mir. Arme Sau, sag ich, was hattest du denn? Sagt Karl-Heinz: Einen Orgasmus nach dem anderen!

Ein toller Witz, Dieter, ein Superwitz! Ein Auschwitz, hätte ich fast gesagt. Günter. Günter aus Oberbruch. Und wir machen weiter mit Hip Hop vom Allerfeinsten! Hier sind *De La Soul* mit *Eye know* –

So ein Dreckschwein! schreit Ulla und fuchtelt mit grünen Fingern. Gib mir mal die Nummer von dem Schweinesender!

Was ist denn? Gefällt dir die Musik nicht?

Die Sau zeig ich an! Wo ist das Telefonbuch?

Im Wohnzimmer. Aber warum –

Ein Auschwitz!

Ja – und?

Ulla zündet sich fahrig eine Zigarette an, spuckt Keith den Rauch ins Gesicht.

Auschwitz — sagt dir das nichts?

Schon. Das mit den Juden. Kannst du jetzt endlich weitermachen mit Färben?

Der Abdruck von fünf grünen Fingern klebt auf Keith' linker Wange. Er reißt sich das Badetuch von den Schultern, schleudert es in eine Ecke. Er tritt gegen die Wasserschüssel, versetzt der Einschalttaste des Radios den K.-o.-Schlag. Hein schnarcht. Im Wohnzimmer telefoniert Ulla mit der Polizei. Nicht zuständig! schreit sie. Was heißt das, nicht zuständig?

Keith geht dem Spiegel aus dem Weg. Er betastet seine neue Frisur wie eine offene Wunde. Vor dem Fenster streiten sich zwei Vögel. Keith räumt den Küchentisch ab, putzt Gläser, Suppentassen und Aschenbecher mit einer Hingabe, als gelte es, den ersten Preis in einem Spülwettbewerb zu gewinnen. Er zuckt zusammen, ein Sektglas muß es büßen. Ullas Stimme — schrill, höchste Alarmstufe: Keith! Schnell!

Auf dem Bildschirm müht sich ein langhaariger Mann Anfang vierzig, Holzfällerhemd, Biertrinkergesicht, mit einer Gitarre ab. Offener Mund, Zunge zwischen den Zähnen. Der Mann schwitzt stark. Ulla ist in unbequemer Bückhaltung vor dem

Fernsehgerät erstarrt. Rory, sagt sie leise. Das ist dein Vater Rory. Rory Gallagher!

Hallo, Vati, sagt Keith.

Von einem Nebeltag Ende Mai steht nichts in der Zeitung. Keith kennt die Schlagzeilen auswendig, selbst die Kleinanzeigen hat er gelesen, nur den Sportteil gemieden. Er zündet sich die achte Zigarette an diesem Morgen an, raucht wie ein Kandidat vor der Prüfung. Zehn Uhr fünfzig, in zehn Minuten ist die Bewerbungsfrist verstrichen.

Hein hat im Bürgerzentrum eine Filiale eröffnet, Keith zum Geschäftsführer ernannt. Weiße statt nikotinbraune Wände, keine Mannschaftsfotos und Wimpel, sondern wilde Ölgemälde und Skulpturen im Maschinenraum der ehemaligen Glasmühle. Ulla hatte den Londoner Maler empfohlen, Hein hat, um Fassung ringend, gezahlt.

Einzelne Stücke des Fabrikinventars hat Keith vor dem Schrottplatz gerettet. Ein zehntüriger Arbeiterspind aus Metall, mit Graffiti besprüht, dient als Garderobe, eine hölzerne Drehbank als Skattisch, hieb- und stichfest. In der Nähe des Eingangs steht eine Palette beladen mit Glasmehlsäcken, Notsitze bei Überfüllung.

Über dem Tresen hängt ein Neonregenbogen, in dessen Bauch Großbuchstaben flimmern: *FAC-*

TORY. Hein wollte der Filiale den Namen *Bei Keith* geben, wegen der Verwandtschaft mit dem Mutterhaus. Keith hat seinen Kopf durchgesetzt. Um zehn Uhr siebenundfünfzig, Keith ist gerade dabei, die Beleuchtung auszuschalten, ist plötzlich Frau Cilasun da. Ihr scheuer Blick streift Keith' Haare. Sie trägt ein hellbraunes Kopftuch, einen olivgrünen Mantel, türkise Jogginghose Marke Hochwasser. Dazu kurze weiße Söckchen und rustikale Sandalen. Frau Cilasun hat schlechte Zähne und viele Falten, besonders unter den Augen. *Junge, gutaussehende Bedienung gesucht.* Keith betastet seine Frisur. Die Bewerberin erzählt sofort von ihrem arbeitslosen, kranken Mann und den fünf schulpflichtigen Kindern.

Haben Sie schon mal als Bedienung gearbeitet? fragt Keith lustlos.

Schon immer. Zu Hause ein Mann, fünf Kinder.

Keith' Zitronenlippen. Er zählt die Zigarettenkippen im Aschenbecher. Die Bewerberin sagt: Bitte!

Keith lächelt ins Leere: Ich ruf sie an.

Kein Telefon.

Dann schreib ich.

Frau Cilasun ringt die Hände, ein Gelenk knackt. Keith windet sich auf seinem Barhocker. Er greift mechanisch nach einem Putztuch, das auf dem Tresen liegt, macht eine wegwischende Bewegung. Frau Cilasun reißt ihm das Putztuch aus der Hand und beginnt, ungestüm das Tresenholz zu bearbeiten.

Wenn keine Arbeit, dann abgeschoben nach Türkei. Mein Mann politisch. Bestimmt Gefängnis. Und Folter. Schlimm.

Keith wiegelt mit beiden Händen ab, versucht, düstere Aussichten aufzuhellen, indem er sonnengelben Eierlikör anbietet. Frau Cilasun trinkt nicht. Sehnsüchtig blickt Keith zur Tür, aber keine halbwegs junge und gutaussehende Bedienung wagt sich herein.

Der Laden ist von abends bis spätnachts geöffnet. Das kann ich Ihren Kindern nicht antun. Keith strahlt.

Mein Mann arbeitslos. Viel Zeit!

Kinder brauchen eine Mutter!

Mein Mann wie eine Mutter zu ihnen.

Also gut, sagt Keith erschrocken. Ab morgen. Achtzehn Uhr.

Keith beugt sich über das Spülbecken und wäscht Frau Cilasuns Küsse ab. Der Sänger der *Cure,* Ulla kennt ihn persönlich, singt von verfaulten Rosen, tiefgefrorenen Gefühlen, toten Hoffnungen. Keith schluckt zwei Kopfschmerztabletten, bevor er zur Zigarettenpackung und zum Glas

greift. *The Cure* werden übertönt von der Feldwe-
belstimme der Vorturnerin im Nebenraum. Früh-
sport für Seniorinnen ab sechzig, dort wäre der
richtige Platz für Frau Cilasun. Keith fröstelt, Nebeltag Ende Mai. Und hopp! kommentiert die Vorturnerin, und hopp! Die Eingangstür, auch sie aus
der Konkursmasse übernommen, schreit nach Öl.

Ich heiße Nina. Ist die Stelle noch frei?

Nein. Ja!

Nina hat weder weiße Söckchen noch rustikale
Sandalen an den Füßen. Ihre Zähne sind schnee-
weiß, ihre roten Küsse würde Keith niemals abwa-
schen. Sie schaut sich um, zieht die Nase hoch. An
ihrem linken Ohr pendelt ein großer silberner Ohr-
ring.

Was hast du zu bieten? fragt Nina.

Wie meinst du das? sagt Keith. Auch nach mehr-
maligem Räuspern klingt seine Stimme brüchig.

Ich meine, womit willst du mich ködern, in dem
Laden hier zu arbeiten?

Ninas Gang hat es in sich; zwischen aufreizend
und unbekümmert. Sie setzt sich Keith gegenüber
auf einen Barhocker, schlägt die Beine mit trägem
Schwung übereinander und spitzt die Lippen.

Wie sieht's zum Beispiel mit dreizehntem Mo-
natsgehalt aus? Taxi für die Hin- und Rückfahrt?
Erfolgsbeteiligung?

Hast du keinen Freund, der dich fahren kann?

Nein. Den Mann, den ich brauche, den gibt's nicht, verstehst du?

Keith schüttelt den Kopf. Nina gleitet effektvoll vom Barhocker, geht hinter den Tresen. Sie öffnet die Kühlschranktür, bemängelt Schmutzränder und einen falsch eingestellten Temperaturregler, als gehöre die Kneipe ihr. Sie gießt Orangensaft in ein Sektglas; ihr beim Trinken zuzusehen ist ein Erlebnis. Wie ihre schlanken Finger jetzt den Rand des Glases umkreisen, ihn geradezu liebkosen.

Nina stützt die Ellbogen auf den Tresen, sagt, als verlese sie eine Litanei: Mein Lover müßte absolut treu sein wegen Aids. Mit Gummis läuft bei mir nämlich nichts, Latexallergie. Krieg überall rote Flecken und Juckreiz, wenn ich die Dinger bloß anseh. Dann müßte er beschnitten sein. Unbeschnittene Männer haben so'n Glibber unter der Vorhaut. Smegma heißt das. Das Zeug macht Krebs, ist bewiesen. Ich bin anfällig dafür, muß verdammt aufpassen. Meine Mutter ist an Unterleibskrebs gestorben, letztes Jahr.

Keith sind Zigarettenpackung und Feuerzeug aus der Hand gefallen. Während er nach dem Verlorenen auf dem Boden herumtastet, ohne Nina aus den Augen zu lassen, sagt er mit gepreßter Stimme: Wieso erzählst du mir das eigentlich alles?

Um was klarzustellen. Von wegen *Junge, gutaussehende Bedienung gesucht. Gute Bezahlung!* Das
klingt in meinen Ohren wie ne Kontaktanzeige im
Playboy.

So war das nicht gemeint, sagt Keith schnell.

Dann sind wir uns einig? Übrigens scharf, deine
Frisur. New Wave ist zwar schon zehn Jahre out,
aber trotzdem.

Fünf Minuten später schreibt Keith mit ungelen-
ker Hand eine Postkarte an Frau Cilasun.

Keith sitzt zwischen einem kleinen Dicken mit rosa
Puddingbacken und zwei Langhaarigen. Sie hoffen
auf ein negatives Ergebnis. Obwohl Keith auf ihrer
Seite ist, reden die drei über ihn hinweg, an ihm vorbei, tauschen argwöhnische Blicke. Alle anderen im
verqualmten Wartezimmer bauen darauf, die Prüfung zu bestehen: sportliche Wettkämpfe locken,
Reisen, vielleicht sogar Abenteuer und, wenn man
Glück hat, eine gesicherte Zukunft. Daneben be-
schäftigen sie sich immer wieder mit Keith; für die
einen ist er ein Marsmensch, völlig ungeeignet, die
Hürden dieses Vormittags zu überspringen, für die
anderen, die deutliche Mehrheit, ein schwuler Penner.

Keith' Ohren und Lippen sind versiegelt, Augen
zwischen Dämmerung und Traum. Er ist übernäch-

tigt und ausgehungert. In den vergangenen Tagen
hat er nur von schwarzem Kaffee, filterlosen Zigaretten und Tabletten gelebt. Sein Gesicht hat die er-
wünschte Totenblässe, die Zunge ist belegt, allenfalls zu einem Lallen fähig. Schwankender Gang
und Herzrasen, die Kurzatmigkeit eines Greises.
Und die Frisur eines Irrsinnigen.

Vom letzten Karneval übriggeblieben oder
Selbstverstümmelung? fragt einer der Prüfer, während er Keith an die Hoden faßt, einen Zeigefinger
in sein Zwerchfell bohrt, mit dickbebrillten Augen
sein wabbeliges Fleisch beschaut.

Dann wird Keith ins Sitzungszimmer gerufen.
Er tritt ein, schleppende Schritte. Vor einer die
Wand beherrschenden Deutschlandfahne sitzen
drei Männer, in Papierkram vertieft: der Musterungsausschuß. Der breitschultrige Vorsitzende
greift sich an den Krawattenknoten, bevor er Keith
auffordert, Platz zu nehmen. Hinter einer gepolsterten Tür das leise Klappern einer Schreibma-
schine. Innerhalb weniger Augenblicke verdunkelt
sich der Raum. Der Musterungsausschuß sieht irritiert zur Decke. Der Vorsitzende fängt sich als erster. Er lächelt wie der Präsident im Goldrahmen an
der Wand, tuschelt mit den beiden Beisitzern, die
nicken, lächeln auch. Der Vorsitzende macht sich
auf den Weg zum Lichtschalter, aber ein dienst-

eifriger Beisitzer kommt ihm knapp zuvor. Dies sorgt für erneute Heiterkeit.

Keith blickt aus dem Fenster. Das Gebäude auf der gegenüberliegenden Straßenseite hat ein schmutziggraues Gesicht. Der Vorsitzende redet über Verwendungsausschlüsse bei Einschränkung der Verwendungsfähigkeit. Ein Windstoß schlägt gegen das Fenster; als habe er es zerbrochen und sei in das Zimmer eingedrungen, schwankt die an zwei Eisenketten hängende Lampe, ein kalter Luftzug bewegt die Gardinen. Der Vorsitzende sagt: Vaterland. Ein dumpfes Rumoren. Tauglichkeitsgrad eins. Ich gratuliere. Keine saure Pflicht, sondern Ehre. Hagel prasselt so laut, daß der Vorsitzende schreien muß: Fallschirmspringerdienst, Kampfpanzerfahrzeugbesatzung. Da schlägt in unmittelbarer Nähe ein Blitz ein. Der Musterungsausschuß zuckt wie getroffen zusammen, Heldentod. Keith lächelt hauchdünn, bevor er aufspringt, Schaum vor dem Mund, ein Zitteraal. Er reißt die Fahne von der Wand, sucht Schutz unter schwarzrotgoldenem Tuch. Ein Staubfänger, Keith hustet, kreischt. Vater unser, der du bist im Himmel! Wolkenschlachtfeld, Kanonendonner. Jetzt schreit auch der Vorsitzende ängstlich um Hilfe.

Und ich dachte, die nehmen jeden Idioten, sagt Hein.

Keith hat Mühe, einen Hobbytöpfer abzuwimmeln, der seine oxydgrünen Krüge und Vasen in der *Factory* ausstellen und verkaufen will. Die Theatergruppe *Götes Erben,* schwarzgekleidete, französische Zigaretten rauchende Oberschüler, feiert den Geburtstag ihres Regisseurs. Nina läßt Sektkorken knallen, hält langstielige Gläser prüfend gegen das Licht.

Die spann ich dir aus, sagt Hein. Brauch nämlich bald ne neue Kellnerin. Meine ist schwanger.

Der Hobbytöpfer gibt sich so schnell nicht geschlagen und bietet eine Gewinnbeteiligung an. Einige aus der Seniorengruppe streiten sich mit Mitgliedern der Blasmusikkapelle *Harmonia* wegen der Lautstärke; der Proberaum sei ungenügend schallisoliert. Ihr denkt wohl, wir Alten wären schwerhörig, ruft eine Frau. Die Dauerwellen schimmern drohend violett. Das türkische Buffet ist fast leergeräumt. Wie eine Akkordarbeiterin hantiert Frau Cilasun in der angrenzenden Küche mit Joghurttöpfen, Salatmesser und Teigrollen. Der Töpfer bietet fünfzehn Prozent.

Mach die Tür zu, sagt Hein laut. Die alte Schachtel hat Krampfadern. Ist schlecht fürs Geschäft. Soll sich mal operieren lassen.

Laß Schwanz operieren, ruft Frau Cilasun. Dann steht wieder. Vielleicht.

In der Nichtraucherzone, Ninas Idee, sitzt Willi Havenith, die Ortsgruppe der PDS. Über Peperoni und Schafskäse gebeugt, wartet er auf Zulauf. Neben seinem Teller qualmt eine dicke schwarze Zigarre.

Kommst du mit der neuen Zapfanlage zurecht? fragt Hein. Oder soll ich's dir noch mal erklären?

Keith spielt zum drittenmal an diesem Abend *Unfinished sympathy* von *Massive Attack*. Nina wirft ihm eine Kußhand zu, es ist ihre Lieblingsplatte. Hein fängt den Kuß auf und drückt ihn sich auf die Lippen.

Dein Vater? fragt Nina, als Hein zur Toilette gegangen ist.

Einer meiner Väter, sagt Keith, ich hab insgesamt fünf.

Klar. Und du hast bestimmt schon mit fünftausend Frauen geschlafen, stimmt's?

Stimmt. Seit meinem neunten Lebensjahr. Da schenkte Hein mir ein Album, in das ich die Bilder von allen Bundesligaspielern einkleben sollte. Jede Woche gab er mir Geld, damit ich im Zeitschriftenladen die Bildchen kaufte. Fünf oder sechs Stück waren in so einer Wundertüte drin. Mich interessierten aber andere Bilder. Ich gab das Geld für Sex-

hefte aus. Für Hein, sagte ich zu der Zeitschriften-
händlerin. In den Heften waren jede Menge nackte
Frauen. Die schnitt ich aus und klebte sie ins Fuß-
ballalbum. Das lag nachts unter meinem Kopfkis-
sen.

Hat Hein nie was gemerkt?

Irgendwann schon. Zur Strafe mußte ich die ersten hundert Länderspiele der deutschen Nationalmannschaft auswendig lernen. Ergebnisse, Torschützen und so weiter. Ich glaub, ich kann die
heute noch aufsagen – soll ich?

Nina verbietet Keith mit einem Kuß den Mund.
Die Tischtennisspieler des TTC Lichtenstein, harte
Cola- und Mineralwassertrinker, haben ihr Training beendet. Keith füllt Eis in Gläser, zerschnei-
det eine Zitrone.

Nicht so dicke Scheiben, sagt Hein. Zitronen
sind teuer.

Was willst du? sagt Keith mit dem Messer in der
Hand. Ist in deiner Kneipe nichts los?

Reg dich nicht auf, Keith. Wollte hier nur in
Ruhe nen Cognac trinken und mal sehen, wie's so
läuft bei dir. Und dir was zeigen.

Hein zieht einen fotokopierten Zettel aus der
Jackentasche, streicht ihn mit beiden Händen glatt.
Sieh dir das mal an.

1. Preußen Hallberg	95:	24 Tore	50:	8 Punkte
2. Falke Rheinau	86:	30 Tore	50:	8 Punkte
3. FC 69 Lichtenstein	89:	42 Tore	46:	12 Punkte
...				
16. VfB Höllen 09	19:	126 Tore	7:	51 Punkte

Und?

In einer Woche ist Saisonfinale, sagt Hein. Rheinau spielt in Höllen und wird zweistellig gewinnen, keine Frage. Wir treten gegen Hallberg an, sind deren Angstgegner. Keinen Punkt haben die in den letzten fünf Jahren gegen uns geholt. Die müssen aber gegen uns gewinnen, sonst ist es vorbei mit ihrer Meisterschaft. Wir sind ja leider aus dem Rennen.

Keith gähnt.

Ich habe eine große Bitte, sagt Hein zu seinem Cognacglas. Wir kriegen keine elf Mann zusammen, wenn du uns nicht hilfst. Zwei liegen in Gips, einer geht am Stock, drei sind gesperrt, rote Karte –

Hör auf.

– und zwei haben nen Vertrag bei Hallberg unterschrieben für die nächste Saison. Die spielen natürlich auch nicht mit. Ja, leider sind wir nicht Bayern München. Wir haben keine hundert Reservespieler. Ob du vielleicht –

Nein.

Es geht um die Ehre, Kies! Hein breitet die Arme aus, hochdramatisch. Die ganze Liga wird über uns lachen, wenn wir nur zehn Mann auf die Beine kriegen. Außerdem ist es unfair gegenüber den anderen Mannschaften.

Ich hab doch gar keine Spielberechtigung, sagt Keith.

Das mit dem Spielerpaß, das kriegen wir hin. Kein Problem. Hein lächelt gutmütig wie ein Mafiaboß.

Ohne Brille bin ich blind!

Verlaß dich auf deinen Instinkt.

Keith zapft, gießt und mixt.

Mir zuliebe, ja?

Ich hab — was am Bein. Kann nicht laufen.

Egal, sagt Hein, aufreizend geduldig wie ein Kinderpsychologe.

Hauptsache: elf Mann.

Ich will aber nicht.

Zwei junge Frauen haben sich zu Willi Havenith an den Vorstandstisch gesetzt. Havenith ruft nach Sekt, wird aber zum erstenmal in der Geschichte der Ortsgruppe überstimmt: lieber Bier.

Man soll niemanden zwingen, sagt Hein und lächelt traurig. Das war immer mein Prinzip. Nichts für ungut, Keith, und noch nen schönen Abend. Ach ja, da fällt mir noch was ein, fährt er in unverändert freundlichem Ton fort. Könnte sein, daß sich hier in den nächsten Tagen ein paar Leute umsehen. Ich spiele mit dem Gedanken, die Filiale abzustoßen. Ehrlich gesagt, hab mich da finanziell ein bißchen übernommen. Die teure Einrichtung, der englische Maler — Du könntest dann selbstverständlich wieder bei mir kellnern. Als Schwangerschaftsvertretung. Hein legt einen Zwanzigmarkschein auf den Tresen. Für den Cognac, sagt er. Den Rest kannst du deiner neuen Bedienung zwischen die Titten stecken. Aber dazu bist du ja zu feige.

Das verblichene Emblem der Brauerei hängt an einem krummen Nagel. Heins schwangere Kellnerin schwitzt hinter dem wackligen Tresen des Bierausschanks; eine windschiefe Bretterbude, schäbig und morsch wie das ganze Stadion, die ehemalige Horst-Wessel-Kampfbahn, Mitte der dreißiger Jahre von fleißigen Arbeitern aus dem Blausteinboden gestampft, nach Plänen des damaligen Bürgermeisters, der auch Architekt war und durch und durch deutsch; gleichsam ein Aufwärmtraining, bevor es an den Westwall ging. Siebentausend verjährte, lackschuhfeindliche Stehplätze, die überdachten Sitzbänke für fünfhundert Zuschauer allenfalls noch Fakiren zu empfehlen. Viel zu groß das Stadion für einen Verein, den fünf Klassen von den Namen trennen, die jeder kennt, und Manchester United spielt einmal in tausend Jahren hier. Die Flutlichtmasten werfen nur noch Schatten, in den unterirdischen Kabinen reichen sich Rost und Schimmel die Hand.

Eine halbe Stunde vor Spielbeginn stimmen sich Fahnenträger, Trompeter und Trommler auf den gras- und löwenzahnbewachsenen Rängen ein. Huppertz, der Vereinskassierer, ist heute mit einer einschüchternd großen Stahlkassette ausgestattet; sonst bringt er die Eintrittsgelder in einer raucherlungenschwarzen Zigarrenkiste unter. Polizistinnen im Kampfanzug schenken Schlachtenbummlern ein Lächeln und Papierblumen in den Klubfarben. Von Werbedurchsagen unterbrochen, scheppert ein alter Schlager aus den Lautsprechern, *Raindrops keep falling on my head.* Kein Wölkchen am Himmel, aber dunkler Rauch über dem Grillwurststand. Der Eisverkäufer hat auch quietschbunte Sonnenbrillen aus Fernost im Angebot. Ein Betrunkener regelt den Verkehr auf dem überfüllten Parkplatz.

Hein, Käppchen auf dem Kopf und trotz der Hitze von einem dicken schwarz-blauen Schal umhalst, hat sich unter jugendliche Vereinsanhänger gemischt. Er nennt alle beim Vornamen, bietet Zigaretten an, läßt sich duzen. Für die nächste Saison verspricht er den Aufstieg aus der Versenkung der

Bierbauch- und Holzbeinliga, gelobt, gegnerische Trainer und Berufspessimisten arbeitslos zu machen, Klubs mit klangvollem Namen den Ruf zu schädigen. Angeblich hat er zwei Erstligaspieler an der Angel, braucht die Leine nur noch einzuholen. *Heini Schnitzler ist unser bester Mann* singen die Neunundsechziger, werden jedoch vom *Preußen-Preußen*-Chor überstimmt. Die Hallberger, zahlenmäßig drückend überlegen, wollen in knapp zwei Stunden Freibier aus dem Meisterpokal trinken: *We are the champions!* Feuerwerkskörper explodieren, wecken den Stadionsprecher. Fanfarenstöße und rotgeklatschte Hände, als am Himmel ein Sportflugzeug auftaucht, das ein Spruchband hinter sich herzieht. *Rhenus Pils und Preußen Hallberg — unschlagbar gut!!!* Vereinzelte einheimische Buhrufer werden von den Auswärtigen mit Fahnenstöcken mundtot gemacht: Die Gäste benehmen sich ganz wie zu Hause.

Im Umkleideraum riecht es nach Luftschutzkeller, abgestandenem Duschwasser und Schweißfüßen, die mit After-shave behandelt wurden. Vier verletzte Stammspieler in Freizeitkleidung trinken Dosenbier. Sie gehen nicht am Stock, liegen nicht in Gips, wie Hein befürchtet hat, sondern humpeln nur leicht. Herzlich willkommen! ruft Erich, schiefes Lächeln, gönnerhafte Stimme. Er hat einen Dreitagebart, einen Ring und die Kopfhörer eines Walkman im Ohr. Deshalb brüllt er so. Nachdem er Keith umarmt hat, Keith' Nackenmuskulatur ist dieser Herzlichkeit kaum gewachsen, erzählt Erich, nackt und breitbeinig, von seinen Erfolgen. Nach jedem Spiel kleben Haustürschlüssel, Adressen und Telefonnummern auf der Windschutzscheibe seines Wagens. Wenn die Weiber meine Glocken genug geläutet haben, Erich faßt sich an den Hodensack, verpaß ich ihnen zum Abschied ein Autogramm aufn Arsch.

Der Spieler mit der Rückennummer zwei, der sich mit zu engen Schuhen abmüht und Kaugummi kaut, als ginge es um sein Leben, sagt: Zieh dich endlich an, Arschficker, dein Schwanz stinkt nach Scheiße. Kurz darauf krümmt er sich in Erichs Pythongriff, zappelt wie ein gequältes Insekt. Wenn hier einer stinkt, dann ist das mein alter Freund Stink. Kapiert, Drecksack?

Die Nummer zwei röchelt, nickt fortwährend. Hör auf, sagt die Nummer sieben und nimmt einen Schluck aus einer Wasserflasche. Kannst du keinen Spaß verstehn? sagt die Zehn. Jubel und Schmährufe draußen, die Mannschaftsaufstellungen werden bekanntgegeben.

Daß mir keiner den linken Stiefel zuerst anzieht,

das bringt Unglück, ruft Kalle Wirtz, der Mann, der das Ehrentor gegen Manchester United geschossen hat und seit zwei Wochen Trainer der Neunundsechziger ist. Nach der vorentscheidenden 1:3-Niederlage in Rheinau, dem Mitbewerber um die Meisterschaft, war Kalles Vorgänger von Hein zur Fahnenflucht gezwungen worden.

Keith sitzt vornübergebeugt auf der unbequemen Holzbank. Er zündet sich eine Zigarette an, atmet tief ein und stößt den Rauch durch Nase und Mund wieder aus. Was soll der Scheiß, sagt Kalle. Keith gestattet sich den Anflug eines kühnen Lächelns. Kalle wiederholt seine Frage, Keith sieht nach, wie viele Zigaretten noch in der Packung sind. Hip Hop, Hip Hop, rappt Erich, die Hände auf die Kopfhörer gepreßt. Rudi, sagt Kalle, du bewachst die Zehn. So'n Rothaariger. Wo der ist, bist du, notfalls sogar aufm Klo. Die Kabinentür fliegt auf, Schlachtgesänge tosen herein, Hein brüllt: Weshalb haben sich die Jungs nicht aufgewärmt?

Weil ich es so angeordnet habe, Herr Präsident Schnitzler, sagt Kalle, jedes Wort betonend. Das Risiko, daß sich einer beim Warmlaufen verletzt, war mir zu groß. Wir haben gerade mal elf Mann, keine Ersatzspieler –

Einen Feigling als Trainer kann ich nicht gebrauchen!

Kalle schluckt, alle Spieler außer Erich, der Furzgeräusche nachahmt, starren auf ihre Stiefelspitzen oder die zersprungene Kachelwand. Der Stadionsprecher weist darauf hin, daß wegen des Andrangs vor dem Kassenhäuschen mit einem um zehn Minuten verzögerten Spielbeginn gerechnet werden müsse. Raunen wie von Kohldampf schiebenden Bären, Pfiffe. Hein kickt eine leere Coladose gegen die Wand, ein trockener Knall, dann Scheppern.

Warum hat Keith die Nummer sechs? fragt Hein.

Weil er im Mittelfeld spielt, sagt Kalle mit verkümmernder Stimme. Da kann er am wenigsten versauen.

Er spielt vorne, im Sturm! Basta!

So kannst du mit mir nicht umspringen. Ich bin hier der Trainer!

Hein lächelt grimmig, mahlende Kinnlade. Hast wohl vergessen, daß ich dein Gehalt aus meiner Tasche zahle, was? Kalle wendet sich ab, er schnieft verächtlich. Hein bohrt den Zeigefinger in Kalles Schulterblatt. Sein Käppchen ist verrutscht, der Schirm berührt sein rechtes Ohr. Hein schwitzt.

Hab gehört, daß du seit nem halben Jahr arbeitslos bist, Kalle, sagt Hein leise, fast feierlich. Hab gedacht, dem Kalle geb ich ne Chance, ne Aufgabe, der langweilt sich sonst zu Tode. Was dazuverdienen kann er sich auch. Der war'n guter Mann, hat viel für den Verein getan. Manches Spiel mit seinen Toren aus dem Feuer gerissen. Jetzt muß der Verein ihm was zurückgeben, hm. Hab gekämpft wie ein Löwe für dich. Die anderen im Vorstand waren nämlich gegen dich, mein Junge. Die wollten nen Trainer mit Erfahrung. Ende der Diskussion, die Erfahrung holt er sich bei uns, hab ich gesagt. Ich erwarte keinen Dank. Aber daß du ab und zu einen Rat annimmst von einem, der doppelt so alt ist wie du –

Kalle klatscht dreimal in die Hände. Auf, Männer, es geht los, sagt er ohne Begeisterung. Ihr wißt, was auf dem Spiel steht.

Nein, sagt Erich. Erklär uns das mal! Selbst wenn wir 90:0 gewinnen, können wir nicht mehr Meister werden –

Fresse, Erich, brüllt Hein. Wer dem Trainer widerspricht, fliegt. Ist das klar?

Trappelnde Stollen auch in der Kabine nebenan, dazu Urschreie. Preußen Hallberg ist zum Kampf bereit.

Hein schüttelt dem perückenhaarigen Schiedsrichter artig die Hand, scherzt mit den Linienrichtern. Der Vereinspräsident der Preußen, rotwangig und angespannt lächelnd, bedankt sich bei Hein, dem guten Gastgeber. Beide Mannschaften haben die gleichen Farben, schwarz und blau; großzügig haben die Neunundsechziger auf ihr Recht verzichtet, im gewohnten Dress zu spielen. Sie laufen chirurgengrün aufs Feld.

Wollen Sie Jude werden oder Moslem? hatte der Arzt Keith gefragt. Oder sind Sie in einer Sekte? Wegen der grünen Haare, dachte ich. Nein? Warum wollen Sie sich denn dann verstümmeln lassen?

Keith lag mit gespreizten Beinen da. Knarrendes Liegegestell mit Schonbezug aus grauem Papier. Der Arzt demonstrierte seiner Helferin, einer stark geschminkten Dunkelhaarigen, die einwandfreie Beweglichkeit von Keith' Vorhaut. Mehrmals schob der Arzt sie zurück und wieder vor, sie gehorchte widerstandslos. Befund: keine Phimose.

Der Liebe Gott hat sich schon was dabei gedacht, glauben Sie mir. Außerdem ist es nicht ganz ungefährlich, ein Skalpell an dieser hochsensiblen Stelle anzusetzen, Sie verstehn. Die Helferin kicherte.

Zwei Straßen weiter hatte sich ein Arzt mit arabisch klingendem Namen niedergelassen. Sein Wartezimmer war leer gewesen, er hatte Keith wie einen alten Kunden begrüßt, ihm zu seinem Entschluß gratuliert. Er hielt einen langen Vortrag über Ästhetik und Hygiene. Nein, den Eingriff könne er nicht in seiner Praxis vornehmen. Er nannte ein

Krankenhaus und den Namen eines erfahrenen Chirurgen, schrieb eine Überweisung aus. Zweifach unterstrichen ein lateinischer Fachbegriff, den Keith nur teilweise entziffern konnte.

Sommerfußball scheint den Preußen ein unbekanntes Fremdwort zu sein. Sie marschieren nach vorn, halten sich nicht mit taktischen Spielereien auf. Kein Abtasten, kein Mittelfeldgeplänkel, sie rennen, flanken und tunneln im fünften Gang und reißen große Löcher in die atemlose Lichtensteiner Abwehr.

Die Neunundsechziger, beste Heimmannschaft der Liga, sind von der ersten Minute an nicht Herr im eigenen Stadion. Beinahe jeder Zweikampf geht verloren, Abspielfehler, grobe Schnitzer bei der Ballannahme, kein Hahn im Hühnerhaufen. Kalle tobt.

Nach fünf Minuten sucht sich Keith' Bewacher eine andere Aufgabe. Steifbeiniges, plattfüßiges Gewatschel, da gibt's nichts zu bewachen. Auch viele Lichtensteiner Zuschauer sind nicht in Form: Sie feuern die Preußen an, wegen der schwarzblauen Trikots. Der Stadionsprecher gibt eine Erklärung ab.

Ein Elefant, Wappentier der Gastgeber, fliegt mit brennendem Stoffell in den Sechzehnmeterraum. Der Schiedsrichter pfeift ab, notiert. Ein Platzordner verbrennt sich die Finger. Wenig später geht eine Preußenadlerfahne in Flammen auf. Der Stadionsprecher appelliert an Vernunft, Anstand und Sportskameradschaft.

Keith steht allein in der gegnerischen Hälfte, weil Erich, der Mittelstürmer, in der Defensive aushilft. Eine Rolle, für die er nicht geschaffen ist, er fälscht einen Eckball unhaltbar ins eigene Tor ab. Preußenadler fliegen hoch, über dem Lichtensteiner Elefanten kreist der Pleitegeier, auch wenn der Stadionsprecher einen neuen Zuschauerrekord für die zu Ende gehende Saison verkündet: eintausendsiebenhundertdreiundneunzig Zahlende. Den Namen des Torschützen zum 0:1 verschweigt er.

Der Präsident der Preußen, eben erst erschöpft vom Jubeln neben seinem Trainer auf die Bank gesunken, tanzt schon wieder Twist und Freistiltango. Sein drahtloses Telefon hat ihm den sensationellen 0:1-Rückstand des Meisterschaftsrivalen Rheinau beim Absteiger Höllen gemeldet. *We are the Champions!* singt, trommelt und bläst der Preußenanhang Arm in Arm, Bier auf Bier, und daß ein Tag so wunderschön wie heute nie vergehen dürfe.

Verschwommen, da ohne Brille, sieht Keith den Ball auf sich zufliegen. Er duckt sich, weicht aus, die Hände schützend vor dem Unterleib, überschüttet von einem Wolkenbruch aus Hohn. Obwohl er drei Unterhosen übereinander angezogen hat, ein Keuschheitspanzer in Weiß, Schwarz und Kariert, fürchtet er jeden Angriff auf die mit fünfzehn Stichen genähte Wunde.

Sind Sie die Vorhaut? hatte ein Arzt gefragt, nachdem Keith auf den Operationstisch geklettert war. Der Arzt hatte den Puls gefühlt: Sie haben Angst? Eine halbe Stunde später wurde Keith wach, einen dicken Verband zwischen den Beinen, den er, die Augen zu Schlitzen verengt, nur ganz kurz betrachtete. Der Krankenpfleger führte eine Schwester an sein Bett. Das ist er. Die Schwester bestaunte Keith wie ein kurioses, möglicherweise obszönes Museumsstück. Freiwillig, sagte der Krankenpfleger. Keine Verengung. Die Schwester sagte zu Keith: Dann noch viel Spaß damit.

Der Krankenpfleger verabreichte stündlich Eisbeutel, redete von einem zu erwartenden Bluterguß. Die beiden Männer in den Betten neben Keith fragten ungeduldig, was bei ihm denn nun eigentlich gemacht worden sei. Keith drückte sich vor einer Antwort, indem er steifbeinig in seiner weitesten Hose über lange Flure spazierte. Eine alte Frau in einem rosa geblümten Morgenmantel, die einen Infusionsständer vor sich herschob, hustete ununterbrochen, versprühte Keime und Viren; Keith floh in den Fernsehraum und rauchte vorsichtig eine Zigarette.

Abends drohte der Pfleger mit einem Urinkatheter, unangenehme Sache, das kann ich Ihnen versprechen, falls Keith nicht endlich Wasser lasse. Keith trank zwei Flaschen warme Limonade. Er schloß sich in die Toilette ein und preßte: vergeblich. Als er sich erhob, war die Toilettenschüssel rot, statt Wasser war Blut geflossen, und jetzt fingen auch die Schmerzen an.

Er wählte die Nummer des Bürgerzentrums, Frau Cilasun meldete sich, alles in Ordnung, der Laden brechend voll, die meisten Gäste ebenfalls, viel Arbeit. Wie es mit einer Lohnerhöhung wäre? Keith sagte zu allem ja, vor Ungeduld kratzte er sich einen Pickel am Hals blutig.

Hallo? sagte Nina.

Überflutet von ihrer Stimme, sagte Keith: Ich habe mich beschneiden lassen.

Was kannst du nicht leiden? rief Nina. Ich versteh dich so schlecht, rufst du aus der Mongolei an? Dann war die Leitung tot.

Die Nachtschwester strich betäubende Salbe auf Keith' Schwanz, der sich, eingeschüchtert von Schmerzen und Befangenheit, beschämend klein machte. Der Verband wurde erneuert, dabei sagte die Schwester: Morgen fangen wir mit Sitzbädern an. Die werden ihm guttun.

Keith, der in der Nähe der linken Eckfahne auf den Halbzeitpfiff wartet, wird von einem Becher voll Bier getroffen. Glück im Unglück, denn kaum jemand sieht hin, die Musik spielt anderswo. Steilpaß über vierzig Meter, völlig unbedrängt mit der Brust gestoppt, kluger Seitenwechsel, aus der Luft genommen und abgefeuert, der Schuß prallt an der Lichtensteiner Deckung ab, der Nachschuß schlägt ein: 0:2. Auf dem kargen Rasen wälzt sich ein küssendes, grapschendes, entfesselt brüllendes Knäuel aus Spielern, Trainer und Präsident. Zuschauer überwinden die Absperrung, der Stadionsprecher kreischt, Polizeihunde kläffen. Die Holztribüne wackelt. *Wir werden deutscher Meister und holen den Europacup.* Das Land des Lachens, der Himmel auf Erden, wo jeder seinen Nächsten liebt und umarmt. *Darum ist es am Rhein so schön.* Noch schöner die Nachricht vom Halbzeitstand aus Höllen. Der Absteiger führt immer noch 1:0 gegen die Halbprofis aus Rheinau. Einige Lichtensteiner fordern das Eintrittsgeld zurück und den Schiedsrichter zum Spielabbruch auf.

In der Kabine verteilen die vier verletzten Stammspieler Kaugummis und Elektrolytgetränke.

Kalle schweigt laut, Erich schnüffelt. Stink, du stinkst. Die Flasche stinkt nach Bier!

Fresse, schreit Kalle. Und Glückwunsch zu deinem herrlichen Selbsttor, du Flachwichser!

Irrtum, Starficker von Mallorca, sagt Erich gelassen, Meeresrauschen, kühles Bier und – und du bist nicht dabei!

Halt deine verdammte Klappe, Erich! sagt Hein mit zusammengebissenen Zähnen. Eine Jodflasche unter den Arm geklemmt, tupft und pflastert er, renkt wieder ein, massiert.

Was wird hier eigentlich gespielt? fragt Kalle, seine Stimme klingt hohl. Auf der Toilette spritzt Keith Rasierwasser über sein biergetränktes Trikot und benutzt Deospray. Du bewegst dich, als hätte man dir die Eier abgeschnitten, sagt Hein.

Die zweite Halbzeit beginnt mit einer kläglich vergebenen Großchance: Nach einem Alleingang über fünfzig Meter, bei dem er vier gegnerische Abwehrspieler lächerlich gemacht hat, gelingt es Erich nicht, den Ball über die Linie zu bringen. Verzweiflungsschreie münden in Aufatmen und Gelächter: Erich, gefangen wie ein Hering im Netz. Das Spiel läuft weiter, Sparflamme statt Hurra. Gestochere im Mittelfeld, Trainingsspielchen mit angezogener Bremse, Plätschern bei neunundzwanzig Grad im Schatten. Die beiden Präsidenten, vertieft in ein

Gespräch, schreiten wie Brautführer die Seitenlinie ab. Keith treibt sich herum. Er läßt die Uhr nicht aus den Augen. Erich humpelt, greift sich ans Knie. Einsam sitzt Kalle auf der leeren Ersatzbank.

Das Neueste aus Höllen: Der krasse Außenseiter führt seit der achtundfünfzigsten Minute 2:0 gegen den haushohen Favoriten. Das war's! Der Preußen-Präsident schleudert sein Telefon ins Weltall. Schreikrämpfe, Ertrinken im Fahnenmeer. Arme, Beine, Köpfe außer Kontrolle, das Jahrestreffen der Fallsüchtigen. Und wie aus einem Mund: *Preußen Preußen über alles.* Tändelei am eigenen Strafraum, Ballverlust, ein Schuß. Fußball ist ein einfaches Spiel, der Lichtensteiner Torhüter zum drittenmal geschlagen, die endgültige Entscheidung gefallen. Schreifontänen versickern, kehliges Gegurgel, Absturz der Beflügelten: Abseits. Der Schiedsrichter macht sich mit italienischer Zeichensprache wichtig. *JudeJude.* Es hagelt Feuerzeuge und Bierbecher, Spuckregen des Torschützen, der keiner sein darf. Rote Karte. Schwarze Sau. Der Mannschaftskapitän der Preußen zeigt dem Linienrichter und seiner Abseitsfahne den nackten Hintern, eine Rauchbombe explodiert zu spät, der Schiedsrichter hat alles gesehen und weist den Weg zum Duschraum. Die Polizeihunde tun ihre Pflicht jetzt ohne Maulkorb. Sirenen, Herzinfarkt.

Vollmond mit Pockennarben im Pickelgesicht. Als Keith sich dem Bürgerzentrum näherte, sah er Nina, bevor sie ihn sehen konnte. Vögel schwelgten. Die Dämmerung, vollgesogen mit falschen Hoffnungen, Benzin und dem Parfüm wilder Blumen, preßte Keith gegen die Ziegelsteinmauer der ehemaligen Fabrik. Zwei brennende Zigaretten im Innern des Wagens, Glühwürmchen, die sich aufeinander zubewegten. Nina stieg aus, winkte, Bahnsteigschmerz in ihren Augen. Ein Mann sprang aus dem Wagen, Nina fiel ihm in die Arme. Der Mann hatte graue Haare, küßte aber nicht wie ein Vater. Der Mond grinste feucht.

Während die andern dribbeln, rempeln, doppelpassen, Linienkalk, Gras- und Dreckspuren auf dem Trikot, Lunge aus dem Hals, die Beine verschrammt, schleicht Keith herum, als suche er ein verlorenes Geldstück: die Lachnummer sechs. Der Ball fällt ihm vor die Füße, er weiß nichts mit ihm anzufangen, *Übenüben*. Keith trifft eine Reklametafel. *Rhenus Pils – immer eine treffsichere Idee.* Die Preußen, durch zwei Platzverweise geschwächt, igeln sich ein. Erich versiebt in einer Minute zwei hundertprozentige Chancen. Er boxt sich gegen die Stirn, humpelt. Auch der gegnerische Torwart hat etwas abbekommen, er blutet aus der Nase. Keith starrt prüfend auf seine von drei Unterhosen ausgebeulte Sporthose. Mit Nachblutungen ist nicht zu spaßen! Schonen Sie sich noch ein paar Tage.

Trotzig und nicht frei von Schadenfreude gibt der Stadionsprecher den neuen Spielstand in Höllen bekannt: VfB 09 gegen Falke Rheinau 2:2. Nur noch ein Punkt Vorsprung für Preußen, rechnet er vor. *Na und na und! We are the champions!* Der Pfiff des Schiedsrichters geht im Gesang unter. Alle Preußen fassen sich an den Kopf, einige sinken in Zeitlupe auf den Rasen, die Hände vor dem Gesicht, andere versuchen, den Schiedsrichter in die Enge zu treiben. Die halbe Mannschaft der Neunundsechziger, allen voran Erich, protestiert ebenfalls: kein Handspiel des Preußen-Verteidigers im Strafraum. *Hängt sie auf die schwarze Sau.* Der Schiedsrichter klemmt sich den Ball unter den Arm und legt ihn auf den Elfmeterpunkt. Eine todsichere Sache für Erich, doch der pocht auf sein rechtes Knie. Erich, zuckerig: Stink schießt. Los, Stink, mach ihn rein!

Bist du bescheuert? sagt die Nummer drei.

Schnauze, ich bin der Kapitän, sagt Erich bedrohlich leise.

Der Schiedsrichter spricht eine Verwarnung wegen Spielverzögerung aus. Erich führt Keith wie einen zum Tode Verurteilten zum Punkt. Keith stößt

Erich den Ellbogen gegen den Hals. Raubtierrumoren auf den Rängen. Eine Tätlichkeit, zweifelsohne, doch der Schiedsrichter ist zum Zuschauen verurteilt. Keith macht sich ungeschoren davon. Versenk ihn, Keith, schreit Hein. Mir zuliebe. Du kannst es! Einfach draufhauen!

Der Schiedsrichter pfeift. Da Keith nicht laufen kann, schießt er aus dem Stand.

Wie war dein Urlaub? hatte Nina gefragt.

Kurz.

Keith öffnete den Kühlschrank, ein saugendes Geräusch. Flecken von Gulaschsuppe und Rotwein.

Nennst du das hygienisch?

Wie redest du mit mir!

Wie mit ner Schlampe.

Siebenundachtzigste Minute, der Anschlußtreffer zum 1:2. Der Stadionsprecher scheint der englischen Sprache mächtig zu sein, er spricht Keith' Namen korrekt aus — im Gegensatz zu Erich. Blödes Arschloch, raunt der und spuckt wütend seinen Kaugummi aus, bevor er vom Platz humpelt und sich in ärztliche Behandlung begibt. Die wenigen Anhänger der Heimmannschaft sind aufgewacht. *Preußenscheiße hahaha.* Doch ihrem Gesang fehlt kurz vor Schluß das Feuer, die Glut ist bald erloschen, zumal ein weiterer Neunundsechziger verletzt vom Platz hinkt. Auch die einheimischen Zuschauer brechen auf, um die Meisterfeier der Preußen zu versäumen. Ihr Abgesang gilt künftigen Heldentaten. Kalle sitzt verloren auf seiner Bank, die Lippen schlaff, der Blick abwesend und sonnenwund. Vor seiner Nase verschleißt der Trainer der Preußen seine Schuhe. Ball halten! Ball halten!

Der Schiedsrichter zeigt die letzte Spielminute an. Platzordner flüchten, weil Hunderte Auswärtige über die Absperrung klettern und hinter das Tor ihrer Mannschaft stürmen. In Fahnen gehüllt reißen sie Bier- und Sektflaschen den Kopf ab, *We are the Champions*. Ein Trillerpfiff, Ende, aus.

In der Kasse fehlen sechs Mark dreißig, hatte Keith, über Scheine und Hartgeldtürmchen gebeugt, gesagt.

Sechs Mark dreißig, sagte Nina und zog die Nase hoch.

Du hast mein Vertrauen mißbraucht. Pack deine Sachen, du bist gefeuert.

Erst jetzt beendet der Schiedsrichter das Spiel. Endergebnis: 2:2. Der vermeintliche, für den Preußen-Torwart tragische Schlußpfiff muß der Tril-

155

lerpfeife eines ungeduldigen Zuschauers entwichen sein. Der Torwart hat den Ball blind weggeworfen und die Arme hochgerissen, der Ball ist von Keith' Unterleib Richtung Tor zurückgeprallt, er ist gehüpft, zweimal, dreimal, und mit letzter Kraft über die Linie gekullert. Keith wälzt sich am Boden, aber nicht vor Freude. Niemand außer dem Stadionsprecher gratuliert ihm. Die Nachricht vom 3:2-Erfolg der Rheinauer, Zittersieg in letzter Minute nach blamabler Leistung, wie jemand mit Telefonverbindung wissen will, macht die Runde.

Der FC 69 Lichtenstein gratuliert dem VfR Falke Rheinau zur Meisterschaft, sagt der Stadionsprecher, seine Stimme bebt. Der Präsident der Preußen telefoniert mit seinen Anwälten. Mord- und Selbstmorddrohungen halten sich die Waage, kreidige Gesichter, Stimmen, dünn vor Wut und Enttäuschung. Der unglückliche Torwart erbricht sich auf dem Elfmeterpunkt. Die Nummer acht weint in ihr schweißnasses Trikot. Die Zehn gräbt mit bloßen Händen ein Loch in den Rasen. Unter Polizeischutz wird der Schiedsrichter, der aus einer Kopfwunde blutet, vom Platz geführt. Keith wird angespuckt, getreten, die Vorderseite seiner nicht gut genug gepolsterten Hose verfärbt sich dunkel. Es dauert, bis Hein und Kalle sich zu ihm durchgekämpft haben. Junge, sagt Hein, mein Junge.

Judas, brüllt der Präsident der Preußen und will Hein an den Kragen. Diesen Wortbruch wirst du bereuen! Bis an dein Lebensende!

Offenbar liegt Hein etwas auf der Zunge, er mümmelt und kaut darauf herum, schluckt es dann herunter. Beißender Rauch weht vom Parkplatz herüber, Autos brennen. Das Sportflugzeug kreist wieder, es zieht ein geschäftsschädigendes Spruchband hinter sich her: *Rhenus Pils und Preußen Hallberg – ein meisterliches Paar!!!* Zwei Preußen zersägen das Tor, das die vernichtenden Treffer geschluckt hat. Die Sonntagssonne denkt nicht an Untergang.

Erich und der andere vorzeitig ausgeschiedene Spieler haben schweißverkrustete Haare und Grasblut an den Knien, aber sie humpeln nicht mehr. Die vier verletzten Stammspieler können auch wieder ohne Beschwerden gehen. Froh sind sie deswegen nicht. Sie kochen, sind außer sich. Stink, du Drecksau! Schuhe und Trikots fliegen. Der Länge nach ausgestreckt, halbnackt und mit starren Augen liegt der Torwart auf einer Holzbank, eine Leiche auf dem Obduktionstisch. Die Nummer vier prahlt mit ihrem Unglück. Auch die Zehn quält mehr als Blasen an den Füßen und Kopfballschmerzen. Sie schleudert Keith ein Wort gegen das Kinn, spuckt es ihm ins Gesicht: Mallorca!

Eingeseifte Spieler durchforsten zornig ihre Kopfhaare, harken über Arme und Beine. Zerren an ihren Genitalien. Was wird hier eigentlich gespielt? fragt Kalle zum wiederholten Mal.

Fußball, sagt Hein. Gratuliere zu deinem erfolgreichen Start, Trainer. Mensch, war das spannend.

Kalle lächelt gezwungen.

Ich bin stolz auf dich, Keith, sagt Hein und tätschelt geistesabwesend Keith' Sporttasche. Brauchst du wirklich keinen Arzt?

Keith preßt die Hände auf den Unterleib, unentschlossenes Kopfschütteln.

Dem ist beim Wichsen der Pimmel abgebrochen, ruft Erich. Er verschwindet hinter einem Vorhang aus heißem Wasserdampf.

Wir sind ein kleiner Verein, nicht Bayern München, sagt Hein später, unter vier Augen und fünf Minuten vor der Öffnungszeit. Er poliert im Halbdunkel den Zapfhahn, schaut tief in Cognacgläser. Das voreilige Plätschern des Spülwassers, das nervöse Summen der Kaffeemaschine. Die Delle in der Kühlschranktür. Wir können unseren Jungs nicht wie die verdammten Bayern mal eben ne Reise spendieren zu den süßen Mädchen am Zuckerhut. Mannschaftsgeist, Kameradschaft auftanken nennt man das. So halten die ihre Leute bei der Stange. Ist bei uns nicht drin, verstehst du? Einmal haben wir das gemacht, damals nach dem Aufstieg. Sind fast bankrott daran gegangen. Und wenn du dann als Präsident von nem kleinen Verein nen Anruf kriegst: Hör mal zu, Hein, wie wärs, ihr seid doch sowieso aus dem Rennen, eine Woche Mallorca mit allem Drum und Dran für deine Jungs, wär das was?, dann kannst du nicht einfach nein sagen. Ist ne Schweinerei, aber ablehnen kannst du das nicht, unmöglich. Deine Jungs brauchen auch mal ne kleine Freude, bei den paar Mark, für die die ihre Knochen hinhalten. Die Freude hast du denen ja gründlich verdorben. Trotzdem, Keith, wenn du wüßtest, wie stolz ich auf dich bin. Sag doch auch mal was!

Das Telefon läutet.

Ja, Horst, ja, sagt Hein, schön, daß du — und herzlichen Glückwunsch — war doch Ehrensache, Horst — ja, mein Sohn, zwei Dinger hat der denen reingemacht, nen Elfer und nen Abstauber — also wirklich, Horst, das war doch nicht nötig — aber natürlich freu ich mich — bald mal wieder — du auch, Horst. Hein wischt sich ein paar Wortfetzen von den Lippen, wiegt eine unangezündete Zigarre in der Hand. Der Ventilator quirlt. Kein Stäubchen auf den Wimpeln und gerahmten Mannschaftsfotos. Hinter geschlossenen Fensterläden wird die Frühsommerhitze allmählich ranzig.

Das war der Präsident von Falke Rheinau. Hat sich bedankt dafür, daß wir bis zur letzten Sekunde gekämpft und ihnen zur Meisterschaft verholfen haben, obwohl es für uns um nichts mehr ging. Der hat vorhin mit dem Fußballverband Mittelrhein gesprochen, wir kriegen nen Fairneßpokal und –

Das Telefon läutet.

Geh du mal ran, sagt Hein. Ist bestimmt der Bundespräsident. Will uns das Große Verdienstkreuz vorbeibringen. Sag ihm, ich hätte keine Zeit.

Hallo? sagt Keith.

Radio Lichtenstein, Palma de Mallorca am Apparat. Wie ist das Spiel ausgegangen?

Zweizwei.

Irgendwelche besonderen Vorkommnisse?

Schiebung, jede Menge Verletzte, brennende Autos –

Ist doch normal. Keine Toten?

Nichts gesehn. Hatte allerdings meine Brille nicht dabei.

Schlechte Augen? Aber ne gute Stimme hast du.

Einer meiner Väter ist Bluessänger.

Wie? Ach so. Komm doch mal bei uns vorbei. Zum Probesprechen, okay?

Keith legt auf.

Schon zehn nach sechs, sagt Hein. Höchste Zeit, die Pflicht ruft.

Ich kündige, sagt Keith. Will nichts mehr zu tun haben mit dir und deinem Fußball. Hast du mich verstanden?

Auf Sendung

Wie bei den Profis kam es am Wochenende auch bei den Amateuren zu zahlreichen Spielausfällen, bedingt durch die widrigen Witterungsverhältnisse. Hier die Ergebnisse der Spiele, die durchgeführt werden konnten. Zunächst die Oberliga Nordrhein. FC 69 Lichtenstein gegen TuS Langerwehe 8:0, zur Halbzeit stand es 2:0. Im Lokalderby siegte der Aufsteiger überraschend deutlich. Die besonders im zweiten Spielabschnitt völlig konfusen und kampfschwachen Gäste setzten ihre schwarze Serie fort – seit sieben Spieltagen punkt- und torlos. Überragender Spieler bei den Platzherren war wieder einmal Erich Reifferscheidt, der fünf Tore erzielte. Die restlichen Treffer steuerten Bruno Kartheuser, Josef Becker und Gunnar Wöske bei.

Zuschauer: dreihundertsiebenundvierzig.

Kommen wir zur Spitzenbegegnung des gestrigen Sonntags. Vor knapp zweitausend Besuchern unterlag der ETB Schwarz-Weiß Essen der Germania aus Teveren 0:1. Nach zuvor sechs Spielen ohne Niederlage –

Entschuldige, bitte, lieber Keith, daß ich in deinen *Sportreport* reinplatze, sagt Palma. Wir unterbrechen das Programm für eine dringende Durchsage. Der Fahrer eines roten BMW mit dem Kölner Kennzeichen YZ 9809 hat vor wenigen Minuten seinen Aschenbecher auf dem Parkplatz des *Happy*-Einkaufsmarkts geleert. Der Schmutzfink ist nach Zeugenaussage ungefähr dreißig Jahre alt, einsfünfundsiebzig groß und hat dunkle, zurückgekämmte Haare. Er trägt eine rotweiß gestreifte Designerbrille. Und einen Kamelhaarmantel, wie könnte es auch anders sein. Dank an die Hörerin, die uns verständigt hat. Machen auch Sie der Umwelt zuliebe mit bei unserer Aktion *Rote Karte für schwarze Schafe*. Natürlich nach dem deutschen Reinheitsgebot gebraut sind *Rhenus Pils*, *Rhenus Light* und *Rhenus Frei*. Bekömmlich zu jeder Stunde. Die genaue Zeit: sieben Uhr zwölf. Die *Rhenus*-Brauerei wünscht allen Hörerinnen und Hörern von Radio Lichtenstein einen wunderschönen Tag. Und nun zurück zum *Sportreport*. Mit frischgewaschenen Haaren, sauberen Fingernägeln und ohne Kamelhaarmantel für Sie am Start: unser Keith. Hau rein, Baby!

Um sieben Uhr neunundfünfzig, nachdem er Hunderte Ergebnisse verlesen hat, Fußball, Handball, Volleyball, Hallenhockey, Judo, Ringen und so weiter, von der höchsten bis zur alleruntersten Klasse, verläßt Keith das Studio eine Minute vor den

Welt- und Regionalnachrichten. Er lächelt Inge, der neuen Sprecherin, aufmunternd zu, doch die hat nur Augen für ihre Manuskripte.

Keith' Büro ist gleichzeitig Aufenthaltsraum, Raucherecke, Kantine, Wartezimmer. Hier stehen die Kaffeemaschine, der Kühlschrank, das Fotokopiergerät und die bequemsten Stühle. Weil die Aschenbecher immer überfordert sind, werden Keith' Kaffeetasse und Unterteller gern mißbraucht. Jeder lädt seinen Abfall ab, Apfelsinenschalen, leere Zigarettenschachteln, gebrauchte Papiertaschentücher, und obwohl allgemein bekannt ist, daß Keith den Geruch geschälter hartgekochter Eier widerlich findet, hält sich kaum jemand zurück. Der Kampf gegen ausgelutschte Kaugummis unter Schreibtisch und Fensterbank ist nicht zu gewinnen. Müllhalde, Taubenschlag und ein fußlig geredeter Mund.

Keith greift in eine Tüte Gummibärchen. Fensterblicke lohnen sich nicht: Bäume mit akutem Haarausfall, in dünne Nebelwatte verpackt, im Hintergrund die Flutlichttürme des Fußballstadions, riesige Insektenfühler. An den Bürowänden hängen Konzertplakate von Palma de Mallorcas Deutschland-, Österreich- und Schweiztournee vor acht Jahren und ein Poster, das über die Gefahren ungeschützten Geschlechtsverkehrs aufklärt.

Radio Lichtenstein ist ein Sender mit nicht unbeträchtlicher Reichweite. Die Poststempel auf den Karten beweisen es. Sie liegen in einem durchsichtigen Plastiksack auf Keith' Schreibtisch. Jede Woche über tausend Stimmzettel für die Hitparade, in der Ferienzeit kaum weniger. Rüde Haken und Schleifen, Musterschülerbuchstaben wie stundenlang gemalt, hingeflegelte Krakeleien, verspielte Schnörkel, Sitzenbleiberklauen, frühreife Arzthieroglyphen, selbstgebasteltes Lautschriftenglisch, Mädchen zeichnen statt i-Punkten oft dickbäuchige Herzchen: Keith muß die Zuschriften entziffern und auswerten; er muß Strichlisten führen, addieren, prozentrechnen, viel Wind um dünne Lüftchen. Die Hitparadengruppen sind blond und gesund. Sie lieben Vollmilchnußschokolade, ihre Eltern und Jesus Christus. Sind gegen Walfang. Haben schon mal onaniert, hm.

In der Vorwoche haben *Die Schlümpfe* das Rennen gemacht, gefolgt von einem *DJ Bobo*. In den Top 30 gibt es nur einen Song, der Keith gefällt, *A girl like you* von Edwyn Collins, vorletzter Platz. Bieder sieht der Sänger und Gitarrist auf dem CD-Cover aus, aber auch durchtrieben, dem Suff und einer kleinen Hotelzimmerverwüstung nicht abgeneigt. Bevor Keith mit der Zählarbeit beginnt, gibt er Collins einen nahrhaften Vorschuß von fünfzig

Stimmen, die müßten reichen für einen großen Sprung nach vorn.

Palma reißt die Tür auf. Wie immer in Schwarz, dazu Mickymauskrawatte und einen silbernen Sheriffstern auf der Jackettbrust. Seitdem seine Haare heftig zu nadeln angefangen haben, ist er nie ohne amerikanischen Filmkommissarhut. Neu sind die Schatten unter seinen Augen.

Wußtest du eigentlich, daß ich vorbestraft bin? fragt er.

Hätt ich dir gar nicht zugetraut, sagt Keith.

Doch, doch. Ich hab damals bei nem gemeinsamen Auftritt Udo Jürgens die Schau geklaut.

Palma sieht Keith erwartungsvoll, beinahe flehend an. Keith läßt sich Zeit, bis er sein Gesicht zu einem Lächeln verzieht. Palma hat viel Gelächter und Geld geerntet mit seinem Gesang, acht, neun Jahre ist das her. Hubert Hillemanns, die Lachbombe, Künstlername: Palma de Mallorca. Drei Verkaufsschlager hatte er. *Es liegt eine Binde auf dem Damenklo, Sag nicht immer Detlev zu mir* und, Nummer eins in Deutschland, Österreich und der Schweiz: *Glasaugen können nicht weinen.*

Palma entkleidet kunstvoll eine Banane, verstümmelt sie mit einem Biß. Paß auf, sagt er vollmundig, ich brauch was für ne lustige Anmoderation. Grapsch dir das Postleitzahlenbuch und check es auf Ortsnamen durch, die was mit Sex zu tun haben. Schwanzlutschhausen, Tittendorf. So was, klar? Aber schnell, ich brauchs für meine Zehnuhrdreißig-Sendung.

Inge kommt herein, Chanel No. 5, setzt sich unter das Plakat, das vor ungeschütztem Geschlechtsverkehr warnt, blättert mit langen, spitzen, dunkelrot lackierten Fingernägeln in einer französischen Modeillustrierten. Palma grast Beine und Oberkörper ab.

76891 Busenberg.

Von einer Sekretärin gerufen, legt Palma die Bananenschale auf Keith' Schreibtisch und verabschiedet sich widerwillig. Kaffee? fragt Keith.

Nein.

Wie war's?

Was? fragt Inge, ohne von ihrer Illustrierten aufzublicken.

Dein erster Auftritt als Nachrichtensprecherin.

Ach so. Besonders aufregend jedenfalls nicht. Hab schon Studentenfunk in Hamburg und München gemacht.

Inge blättert um. Wie selbstvergessen streicht sie mit ihren langen, spitzen, dunkelrot lackierten Fingernägeln über ihre schwarzbestrumpften Oberschenkel.

39446 Lust.

Rat mal, wie lange ich schon beim Sender bin!

Wahrscheinlich zu lange, sagt Inge ungeduldig, als wäre Keith ein lästiger Gast mit tonnenschwerem Sitzfleisch.

Dreieinhalb Jahre.

Selbst schuld. Ich will hier jedenfalls so schnell wie möglich wieder weg. Zum Fernsehen. Hab schon in zwei Werbefilmen mitgespielt.

67311 Nackterhof.

Du mußt ganz schön dämlich sein, wenn du schon jahrelang bei diesem Provinzsender rumhockst.

33397 Möse.

Eine Fliege, erstaunlich, daß sie den Novemberfrost überlebt hat, ist auf Inges Kaschmirpullover gelandet, genauer: auf ihrer linken Brust. Inge wischt das Insekt mit einer trägen Handbewegung weg, doch das Tier läßt sich nicht so einfach abschütteln. Jetzt krabbelt die Fliege über Inges rechte Brust.

83367 Petting.

Hilf mir doch, verdammt!

Wie meinst du das —

Schaff mir das Vieh vom Leib!

Keith erhebt sich, sein Stuhl fällt um. Unerschrocken umkrabbelt die Fliege eine Gegend, in der sich Inges rechte Brustwarze befinden muß.

Obwohl Keith mit allergrößter Vorsicht und Diskretion auf die Jagd geht, läßt sich eine, wenn auch nur sekundenwährende Berührung der — allerdings vom Kaschmirpullover, vielleicht auch von einem BH umschmiegten — Brust nicht vermeiden. Keith wirft den erlegten Quälgeist lässig in einen überfüllten Papierkorb.

Du bist aber geschickt! ruft Inge und sieht Keith mit anderen Augen an. Darf ich dich um einen zweiten Gefallen bitten? Inge und Keith verlassen den Sender, gehen um die Ecke und kommen an die Hauptstraße. Inge wohnt auf der dritten Etage, aber es gibt einen Lift. Inge nutzt die Fahrzeit, indem sie ihr Lippenrot auffrischt. In ihrem Einzimmerapartment duftet es nach Zimt, Rosenöl und Chanel No. 5. Auf dem Herd kocht Wasser.

Da, sagt Inge und zeigt auf ein schäbiges, durchgelegenes Bett. Die Matratze muffig und fleckig, der Bettkasten zerkratzt. Das habe ich mir zum Geburtstag geschenkt.

Schön, sagt Keith.

Es ist häßlich. Stinkhäßlich. Aber stell dir vor: Es hat zwanzig Jahre in einem Puff gestanden. Zwanzigtausendmal ist darin gerammelt, gevögelt, gefickt worden. Ist das nicht aufregend!

Keith weiß nicht, wohin schauen. Woher hast du das? fragt er.

Ich habe Beziehungen. Viele.

Keith räuspert sich, seine Stimme klingt belegt.

Welchen Gefallen soll ich dir tun?

Das kannst du dir doch denken! ruft Inge, nun ohne Kaschmirpullover. Ich will das Bett ausprobieren!

Je heftiger sie ihren Hunger stillt, um so wilder wird Keith. Er fährt in sie wie der Teufel, unersättlich.

Das ist langweilig, sagt Inge, als Keith sich zum zweitenmal hoch aufrichtet. Magst du hartgekochte Eier?

Nein, sagt Keith verwirrt.

Man muß sie ja nicht schälen, sagt Inge vielversprechend. Während sie zum Herd geht und den dampfenden Wasserkessel von der Flamme nimmt, sagt sie: Du bist doch Sportreporter. Hast du einen Lieblingsverein?

Nein. Ich hab Sport, vor allem Fußball, immer gehaßt.

Komm schon, einen Verein wird es doch geben, den du ganz gut findest!

Weiß nicht. Köln.

Den 1. FC, Fortuna oder SCB Preußen?

Den FC.

Toll! Ich schwärme nämlich für Toni Polster, den Mittelstürmer, ruft Inge. Nachdem sie drei heiße

171

Hühnereier unter kaltem Wasser abgeschreckt hat, drückt sie die Keith in die Hand. Inge spreizt sich in Rückenlage. Keith schiebt. 1:0! wimmert Inge. Auch der zweite Ball ist noch warm, Keith schiebt ihn zwischen Inges schlüpfrige Lippen. Inge bäumt sich krampfgeschüttelt auf, mach das 3:0, Toni, schreit sie, mach den Hattrick –

Pennst du? ruft Palma. Was ist mit den Ortsnamen? Schnell, meine Sendung fängt in sieben Minuten an!

Wo ist Inge? fragt Keith wie erkältet.

Keine Ahnung. Was ist jetzt mit den Ortsnamen!

Nichts gefunden. Leider.

Wie – nichts gefunden?

Vielleicht sind die zensiert worden. Der Papst. Oder der Frauenbeauftragte der Grünen –

Willst du mich verarschen? Ein Scheißtag ist das heute! Dieser blöde Heiduck blockiert seit heute morgen um sechs das Aufnahmestudio, du pennst nur rum – und meine Tochter –

Was ist mit deiner Tochter?

Ach, vergiß es! schreit Palma und schlägt die Tür hinter sich zu.

Es ist alles so traurig,

Es ist alles so trist,

Weil du nicht mehr bei mir bist.

Ich tu mich sooo nach dir sehnen,

Und mir kommen fast die Tränen.

Doch Glasaugen können nicht weinen.

No, no, no, Baby, Darling,

Glasaugen können nicht weinen.

Keith nimmt wieder den Kampf gegen den Postkartenberg auf. Obwohl er etliche Stimmen für *Schlümpfe* und den *DJ Bobo* unter den Tisch fallen läßt, führen die Kopf an Kopf die Liste an. Keith bewilligt Edwyn Collins weitere zwanzig Striche aus eigener Tasche, bringt ihn so vorübergehend auf Platz drei. Das war Michael Jackson mit seinem *Earth song*, hört er Palma aus einer Lautsprecherbox sagen. Wunderschön! Wunderschön und bezaubernd ist auch unsere Inge, die wartet schon mit den News aus aller Welt. Ja, liebe Hörerinnen und Hörer, damit ist der *Halbelf-Club* fast zu Ende. Zum Schluß noch eine gute schlechte Nachricht. Dank unserer aufmerksamen Hörerin Gisela F. haben wir wieder eine Umweltsau am Haken. In der Matthes-Kroll-Straße 152 hat ein feiner Herr namens Eckstein Altöl in den —

Schalt das um Himmels willen aus! sagt Heiduck. Unerträglich, dieses Gequatsche.

Er setzt sich unter das Plakat, das für geschützten Geschlechtsverkehr wirbt, zündet ein schwarzes Zigarillo an, raucht geräuschvoll. Die Zeiten der blauen Strähne im Haar sind längst vorbei. Heiducks dünngewordene, angenagte Haare vertragen keine Experimente. Knapp unterhalb seines rechten Auges zieht sich eine Narbe nasenwärts in die Länge, gesplittertes Sonnenbrillenglas, ein Andenken an Heins legendären K.-o.-Schlag.

Heiduck unterrichtet an der Uni Köln und ist bei Radio Lichtenstein für die täglich ausgestrahlte Sendung *Zeitpunkte* verantwortlich, zehnminütige, feindosierte Bösartigkeiten über Personen und Ereignisse aus Weltgeschichte und Dorfchronik.

Pause? fragt Keith, zehn Postkarten zwischen den Zähnen.

Wie du siehst.

Was machst du eigentlich die ganze Zeit im Aufnahmestudio?

Na was schon? sagt Heiduck und blickt, in Rauch gehüllt, aus dem Fenster. Ich fahre morgen mit einer Studentengruppe für zehn Tage in die Tschechische Republik. Muß deshalb eine Menge Beiträge vorproduzieren. Zufrieden?

An der tschechischen Grenze hab ich damals auch gastiert, ruft der soeben eingetroffene Palma. Zusammen mit Peter Maffay und der *Beatles Revival Band.* War'n Bombenerfolg für mich! Bei meinen Songs standen die Leute auf den Stühlen und klatschten wie blöde. Jede Textzeile kannten die auswendig! Später im Hotel —

Der Hofer Fenstersturz, sagt Heiduck. Bitte, verschonen Sie mich.

Heiduck bläst Zigarillorauch an die Decke.

Kaffee? fragt Palma.

Ich trinke nie im Dienst.

Guter Gag, sagt Palma. Muß ich mir merken.

Sind Ihnen die Auschwitzchen ausgegangen?

Palmas Gurkenlächeln, süßsauer. Du mußt lockerer werden, Professor, nicht immer so hysterisch, äh, historisch.

Palma schaut Keith beifallheischend an. Heiduck wühlt in Manuskripten, wippt mit den Füßen, als bediene er eine Nähmaschine mit Tretkurbel. *Die Schlümpfe* haben an Vorsprung gegenüber dem *DJ Bobo* gewonnen. Der Nebel draußen ist dichter geworden, er hat die Flutlichttürme verschluckt. Heiducks Zigarillo stinkt, eine Glühbirne flackert. Palma umkreist Keith' Schreibtisch, er murmelt, probt eine Anmoderation. Der November, liebe Frauchen und Herrchen, ein herrlicher Monat. Der böse Heuschnupfen ist zur Kur gefahren, das Christkind steht vor der Tür, in den kalten Nächten rücken selbst Ehepaare wieder näher zusammen –

Das Telefon läutet.

Nein, sagt Palma tonlos. Er preßt die Sprechmuschel an die Lippen, seine linke Hand zerzaust Heiducks Rauch. Aber die Blutproben waren doch –

175

die Analyse, ja — Dann müssen wir eben das Krankenhaus wechseln — Düsseldorf, Essen — Soll ich sofort kommen? — Gut, Punkt achtzehn Uhr also.

Leicht torkelnd verläßt Palma den Raum. Die *Kelly Family* hat den *DJ Bobo* vom zweiten Platz verdrängt. Heiduck wippt. Jutta Melzig, die ihre *Modeplaudereien* beendet hat und ein hartgekochtes Ei ißt, sieht Keith bei seinen Prozentrechnungen zu.

Wo ist Palma? fragt sie.

Sitzt wahrscheinlich wieder auf dem Klo und heult, sagt Heiduck.

Was hat er denn? Ist wieder was mit seiner Tochter?

Anscheinend ein Rückfall. Genaues weiß ich nicht.

Die war doch so gut wie geheilt, sagt Jutta Melzig und pickt Eigelb von ihrer Bluse. Die hatte doch schon wieder Haare —

Cliff Berger, die neue Schlagerhoffnung, trifft ein, umschwärmt von einer Technikerin und einer Sekretärin. Er trägt eine Schirmmütze mit der Aufschrift *Big Boss* und platzt vor Nettigkeit. Ein Komplimentchen hier, eine kleine Aufmerksamkeit da. Frau Matt, auf einen Sprung aus der Telefonzentrale herübergekommen, flirtet ungeniert. Sie darf Cliff Bergers blonden Pferdeschwanz anfassen.

Als Palma auftaucht, kreidig, ohne Hut, gerötete Augen, reißt Lachen ab, Worte bleiben auf der Strecke. Blicke wissen nicht, wohin, stranden an der Zimmerdecke, auf dem krummen Rücken eines Gesundheitsstuhls. Jemand schneuzt sich verhalten. Irritiert poliert Palma seinen silbernen Sheriffstern, gibt sich dann einen Ruck und nimmt den Schlagersänger mit beiden Händen in Besitz. Cliff, Baby! Wie viele waren bei deinem letzten Konzert?

Fast tausend.

Ich bin schon vor fünftausend aufgetreten! An der tschechischen Grenze, zusammen mit Peter Maffay und –

Der Hofer Fenstersturz. Alle lachen aus vollem Hals, selbst Heiduck gibt sich große Mühe.

Darf mein Neger, Verzeihung, Farbiger – Palma zeigt auf Keith –, dir ein Käffchen bringen, Cliff?

Tiefschwarz mit drei Stück Zucker.

Keith erhebt sich betont schwerfällig und geht zur Kaffeemaschine. Wieso läßt du dich von dem Kerl Neger nennen, Stink? raunt Heiduck ihm zu.

26556 Schweindorf.

Verschütteter heißer Kaffee löst Worte des Bedauerns und bei Heiduck Schmerzensschreie aus. Jutta Melzig wirft Eierschalen auf den Teppichboden. Palma verrät Cliff Berger, welche Fragen er ihm während des Live-Interviews spontan stellen wird. Frau Matt läßt sich ein Autogramm auf den Kußhandrücken schreiben, dabei quiekt sie, als würde sie an einer empfindlichen Stelle gekitzelt. Das Fax-Gerät sondert eine übelriechende Wolke ab, bevor es den Dienst verweigert.

Um vierzehn Uhr, als Cliff Berger zum Sound-check nach Wattenscheid abgereist ist, Frau Matt ihren Verstand wiedergefunden hat und Inge die Nachrichten verliest, Tote in Tschetschenien, Tote in Kurdistan, Ärger im Lichtensteiner Rathaus wegen der geplanten Erhöhung der Müllgebühren, gibt der Nebel allmählich auf.

Ich fahr jetzt zum *Star der Woche*, sagt Keith.

Bring mir ein Autogramm mit, sagt Palma.

Kann ich deinen Wagen haben? Meiner ist in der Werkstatt.

Palma wirft Keith den Schlüssel zu. Keith bleibt zwei Schritte vor der Tür stehen. Er betrachtet sein neues Aufnahmegerät, das die Form und Größe eines Rasierapparats hat.

Ist noch was? fragt Palma.

Einer meiner Väter ist zwar ein Schwarzer –

Wie? Dafür siehst du aber ganz schön blaß aus!

– deshalb bin ich aber noch lange nicht dein Neger. Ist das klar?

Hinter dem Stadion beginnt eine endlose 30-Ki-lometer-Zone. Umzäunte Vorgartenphantasien aus

Holz, Plastik und Liliput-Teichen, frühen Freiluft-
weihnachtsbäumen. Dann Einkaufszentren, Bau-
märkte, ein Kabelwerk und stillgelegte Steinbrüche.
Pappeln stehen wie Soldaten beim Staatsempfang,
naßkalte Kühe dampfen vor sich hin, wollüstig rei-
ben sich Schafe aneinander. Ein säuerlicher Geruch
ist im Wagen, überall Kartoffelchipsbrösel, Comic-
hefte und Einwegspritzen ohne Nadel, Spielzeug
für die leukämiekranke Tochter. Am Innenspiegel
pendelt ein Pandabär. Noch nie, behauptet Palma,
sei sein Kombi gewaschen worden.

Gas weg, runterschalten, mit zusammengeknif-
fenen Lippen fährt Keith durch Bornheim. Concordia Bornheim, die ewigen Absteiger. Wenn Keith
Sonntag nachmittags in Vereinslokalen anruft, um
selbsternannten Pressesprechern Ergebnisse, Torschützen und kurze Spielberichte aus der Nase zu
ziehen, wählt er die Bornheimer Nummer immer
als letzte. Regelmäßig läßt irgendein Concordia-
Schreihals seine üble Laune an ihm aus, es wird
gepöbelt, als habe Keith alle Gegentreffer geschossen; mitunter schrecken die Bornheimer sogar
nicht davor zurück, das Ergebnis zu ihren Gunsten
umzulügen. Sieger sind allerdings auch nicht einfach. Sie lallen unverständlich oder brüllen ohren-
betäubend.

Die Gurkenfabrik liegt am Ortsausgang. Scharfer Essiggeruch schon auf dem Parkplatz, der Pförtner hat nur eine Hand und kein Vertrauen. Wie ein Fälschungsexperte des Bundeskriminalamts untersucht er Keith' Besuchserlaubnis vom Briefkopf bis zur Unterschrift, er dreht und wendet.

Fotografieren verboten!

Ich kenn Sie doch gar nicht. Sind Sie berühmt?

Was haben Sie da in der Hand?

Einen Kassettenrecorder XCL 2500.

Zeigen Sie mal her!

Der Pförtner telefoniert. XCL 2500, jawohl, sagt er.

Keith friert unter Regenwolken.

Jawohl, sagt der Pförtner. Kann rein, jawohl.

Der Star der Woche hat sich geschickt getarnt, keiner seiner Fans würde ihn erkennen. Ölverschmierte Jacke, Schlotterhose, löchrige Gummistiefel. Zur Begrüßung hat er sich etwas Besonderes einfallen lassen: Er hat einen Scherbenhaufen mit Gurken- und Gewürzbeilagen angerichtet. Ganz klein sitzt er hinter dem Steuer eines Gabelstaplers und muß sich harsche Worte anhören. Hornochse, dämliche Sau, sagt ein Mann in dunkelgrünem Overall, wahrscheinlich ein Vorarbeiter. Der Schaden wird bis auf die zweite Stelle hinter dem Komma ausgerechnet, es ist die Rede von nicht bestandener Probezeit. Wo bist du Idiot bloß immer mit deinen Gedanken! Was ist los? Bist du verliebt?

Nee. Lieber Krebs als das.

Da muß der Mann im grünen Overall aber sehr lachen. Schubkarren, Besen, Schaufel – marsch! kommandiert er kurzatmig.

76855 Knochenmühle.

Hallo, Keith, sagt Erich, zum ersten Mal korrekt.

Erich, du stinkst, sagt Keith.

Der verdammte Essig. Zum Kotzen.

Keith übersieht Erichs Begrüßungshand. Ein Lastwagen, beschriftet mit dunkelgrünen Großbuchstaben, *Rottländer – die Gurke mit dem Knack!*, fährt vorbei.

Was sind Sie für einer? fragt der Vorarbeiter.

Radio Lichtenstein. Herr Rottländer ist informiert. Wenn Sie uns bitte allein lassen würden.

Der Vorarbeiter spuckt grimmig in den Gurkenwassersee, der träge Scherbenklippen umspült.

Hast ja mächtig Karriere gemacht, Keith, sagt Erich.

Man tut, was man kann. Und du? Immer noch nicht beim AC Mailand?

Hatte voriges Jahr ein Angebot vom MSV Duisburg. Bin beim Probetraining gefoult worden. Knöchelbruch.

Pech. Tut mir leid.

Glaub ich dir nicht, sagt Erich und grinst.

Keith zuckt die Schultern, spielt mit seinem roten Schal. Wo kann man sich hier ungestört unterhalten?

Der Kantinenkaffee schmeckt nach grauem Montag. Stühle ohne Rückenlehne, gedämpfter Maschinenlärm. Plakate fordern zur Steigerung der Stückzahl auf, andere versprechen eine Belohnung von 1500 Mark, falls ein Jahr lang keine Krankmeldung erfolgt. *Ein gutgemeinter Tip: Nehmen Sie bei »Wehwehchen« Urlaub! Sichern Sie so Ihre Prämie — und Ihren Arbeitsplatz!*

Ach, hier sind Sie! ruft eine grünweiß gestreifte Frau. Herr Rottländer läßt sich entschuldigen, er mußte dringend außer Haus.

Die Frau überreicht einen bunten Firmenprospekt.

Herr Rottländer läßt fragen, ob die Firma namentlich erwähnt werden könnte in Ihrer Sendung.

Aber gern, sagt Keith. Ich werde den unfreundlichen Pförtner, die unbequemen Stühle und den Essiggestank erwähnen.

Die Frau lächelt wie bei einem unverstandenen Witz. Das Vorzimmer von Herrn Rottländer steht zu Ihrer Verfügung. Dort wartet auch ein kleines Präsent auf Sie. Wenn Sie mir bitte folgen würden —

Wir bleiben hier, sagt Keith. Wegen des O-Tons. Mehr Reality und Sound, Sie verstehn.

Die Frau entfernt sich rasch. Keith bedient das Aufnahmegerät XCL 2500. Fertig? Erich räuspert sich, nickt angespannt. Er faltet die Hände.

Was willst du mich eigentlich fragen? fragt er.

Keith runzelt wichtig die Stirn, Lippengymnastik. Ton ab! Herr Reifferscheidt, mit sechzehn Treffern in vierzehn Spielen belegen Sie in der Torjägerliste der Oberliga Nordrhein den zweiten Platz. Schon Besuch aus der Bundesliga gehabt?

Nicht direkt. Angebote gibt es schon –

Können Sie das bitte etwas präzisieren?

So Anrufe eben.

Anrufe, aha. Von Ihrer Freundin? Oder vom Bundestrainer?

Von so Vereinen.

Verstehe. Borussia Dortmund, Real Madrid, Ajax Amsterdam?

Die waren nicht dabei –

War Concordia Bornheim denn dabei?

Nein, die nicht – Mensch, was soll das, willst du mich –

Hoffen wir das Beste, Herr Reifferscheidt! Ihre Mitspieler vom FC 69 drücken Ihnen bestimmt beide Daumen. Wie man hört, wären die glücklich, wenn Sie endlich abhauten. Je eher, desto besser.

Was — wieso —

Wegen Ihrer schlechten Manieren. Wegen Ihrer
dämlichen, brutalen Visage. Außerdem stinken
Sie penetrant nach Essig, Herr Reifferscheidt.

Ich — spinnst du —

Danke, eine kluge Antwort. Herr Reifferscheidt,
ich habe mich immer schon gefragt, was einen
Mann mit Ihren Stürmerqualitäten in Lichtenstein
hält. Seit heute weiß ich es. An mangelnden Ange-
boten liegt es ja nicht, wie wir erfahren durften. Sie
wollen Ihren schönen, krisensicheren, hochinteres-
santen Arbeitsplatz als Gurkenkrummbieger nicht
aufgeben, stimmt's?

Erich ist aufgesprungen. Doch bevor er sich Respekt verschaffen kann, wird er zurückgepfiffen,
gnadenlos ausgebuht.

Du dämlicher Hund! schreit der Vorarbeiter.
Wem hast du die Silberzwiebeln für Holland aufge-
laden? Dem französischen Transporter?

Bei Keith' Rückkehr im Sender gibt es Curry-
wurst und mäßig gekühltes Bier aus der Fritten-
bude um die Ecke. Palmas Tochter ist gerettet, in
der Klinik waren zwei Befunde vertauscht worden.
Wie im schlechten Film! Heißhungrig, aber mit an-
gewidertem Gesicht beißt Frau Matt in ihre dritte
Wurst, eine Diätsünderin auf frischer Tat. Von
Keith' Lippen tropft Tomatenblut. Palma twistet

mit einem Stofflöwen, den Jutta Melzig im Namen aller Kolleginnen und Kollegen für seine Tochter gekauft hat. Ich krieg noch zwanzig Mark von dir, sagt sie zu Keith. Das Telefon läutet. Für dich, mein Süßer, ruft Palma überglücklich.

Rate mal, bei wem Jean-Jacques und ich gestern zur Dinner-Party eingeladen waren! ruft Ulla mit perlender Sektstimme und englischem Akzent.

Bei deinem Gerichtsvollzieher.

Bei Grace Jones!

Die ist doch seit hundert Jahren weg vom Fenster.

Von wegen! Grace trug einen Platin-BH, Reiterstiefel, einen durchsichtigen Slip und ein Rubinkreuz!

52511 Geilenkirchen.

Heute abend gehn wir zu Art Blakey. Der spielt in nem Club in Soho. Willst du nicht mit? Komm doch einfach rübergejettet! Jean-Jacques hat big connections, er kann uns einen Backstage-Paß besorgen –

Ulla! Art Blakey ist seit Jahren tot.

Was sagst du? Dann hat mir dieser Mistkerl von einem Zeitungsverkäufer wohl ne uralte Zeitung angedreht. Dann komm doch einfach so. Wir machen uns einen gemütlichen Abend, ja? Bei der Gelegenheit könntest du ein bißchen Kleingeld mitbringen, okay? Tausend oder so. Kriegst du spätestens übermorgen wieder zurück! Jean-Jacques hat seine Brieftasche verloren, alle Kreditkarten –

Palma wedelt ungeduldig mit zwei Fax-Blättern, gibt Keith Zeichen, das Telefongespräch zu beenden.

Von mir kriegst du nichts mehr, flüstert Keith. Du schuldest mir schon zweitausend –

Was? Du schickst mir zweitausend? Keith, du bist ein Engel! Aber heute abend noch, ja? See you –

Riesenwirbel! ruft Palma, rot vor Vorfreude und Aufregung. Das gibt Krieg! Sofort Programmänderung!

Das Ende 2

Von Anfang an lief nichts wie geplant.

Huppertz, mein treuer Freund seit sechzig Jahren, meine rechte Hand nicht nur im Verein, stellte sich quer; erschrocken, aber auch aufsässig verengte er die Augen, als ich sagte: Walter, ich brauch ein Gewehr. Besser zwei. Und Munition.

Wir saßen in Huppertz' sparsam beleuchteter, geizig beheizter Wohnzimmergruft. An den Wänden hingen ausgestopfte Eulen und Geweihe, neben dem Tisch mit der Marmorplatte stand aufrecht ein Fuchs, der ein Tablett hielt, auf dem ein Eichhörnchen saß. Überall tote Tiere. Sofa und Sessel mit grauen Schonbezügen, Fernsehzeitung und Fernbedienung griffbereit. Auf der Fensterbank flimmerte ein künstlicher Weihnachtsbaum. Ein richtiger Baum lohnt sich nicht mehr, seitdem die Kinder aus dem Haus sind, sagte Huppertz entschuldigend. Vasen voller Plastikblumen, weil Lotte, Huppertz' Frau, gegen Blütenstaub allergisch ist.

Lange bevor es das Wort gab, war sie an einer unheilbaren Allergie gegen mich erkrankt. Die Frauen meiner Freunde haben mich alle gehaßt; für die einen war ich der Verführer, eine Art Zuhälter, der ihre Männer mit Schnaps und Bier auf Trab und die schiefe Bahn brachte, von der die Kerle dann mutig, gesprächig und spendabel in die Arme hergelaufener Weiber rutschten; die anderen konnten mich nicht leiden, weil ich nie ihre Angebote annahm. Aber keine haßte mich mehr als Lotte.

Du? hatte sie gesagt, als sie mir die Tür öffnete. Daß du dich noch unter die Leute wagst!

Lotte, mein Liebchen, hatte ich höhnisch geantwortet, du wirst immer jünger!

Schnaubend und mit dem robusten Gang eines Baggerfahrers war sie in die Küche gegangen, wo sie wie wild in ihrer Sylvesterbowle zu rühren begann. Huppertz hatte sich wie ein Gichtgeplagter aus seinem Fernsehsessel gerappelt, kalter, weicher Händedruck, keine Ferkeleien über Ostereiersuchen, Dauerlutscher und Stellung hundertvier, mit denen er sich sonst über Lotte hinwegzutrösten versuchte. Wir kippten Schnaps, ziemlich billiges Gesöff für einen Sylvesterabend, starrten die Gläser an, als wären die eben erst erfunden worden. Im Fernsehen lief *Der neunzigste Geburtstag*. Angestrengtes Lachen, wenn der Butler Blumenwasser soff oder Trinksprüche lallte.

Mach dich nicht unglücklich, Hein! raunte Huppertz mir zu, die Augen auf die halboffene Wohnzimmertür gerichtet, hinter der er anscheinend seine Frau vermutete. Was willst du mit einem Gewehr? Den Heiduck, diesen Radioaffen, umlegen?

Nein, sagte ich heiter. Kleine Fische fang ich mit der Hand, dazu brauch ich kein Gewehr.

Wie zum Beweis nahm ich einen Zettel vom Tisch, auf den Huppertz Lottozahlen geschrieben hatte, und zerdrückte ihn.

Doktor Strohm?

Der ist nicht mal ein kleiner Fisch. Der ist bloß ein Wurm. Meine Füße scharrten, zertraten eine Teppichfluse.

Wenn du dich da mal nicht irrst, sagte Huppertz.

Doktor Strohm, der elegante Geld- und Weltmann, der Messias mit dem Mercedesstern. Obwohl er sich schon monatelang bei allen Spielen meiner Mannschaft, und selbst beim Training, blicken ließ, in meiner Kneipe Lokalrunden schmiß, ohne große Töne, nur ein Zeigefinger, der überheblich bescheiden einen Kreis in die Luft zeichnete, hatte ich noch keine Silbe mit ihm gesprochen, die über Begrüßung und Zechsummen hinausging. Die anderen fraßen ihm aus der Hand. Kinderlächeln am Weihnachtsabend, wenn er ihnen das Du anbot und juristischen Beistand bei allerlei Klagen, wenn er versuchte, sein Schwäbisch zu vergessen und rheinisch zu sprechen. Et kütt, wie et kütt.

Rievkooche, halve Hahn. Danz, Mariesche, bütz! Der Scheidungsanwalt Doktor Strohm, in dritter Ehe mit einer Kölner Werbeagentur verheiratet, die Aufträge für die Haie im Hechtteich erfüllte, Telekom und so weiter. Ein Mann wie du und ich, ganz normal, keine Allüren. Netter Kumpel, der kölsche Schwab, aber ein Wolf im Geschäftsleben, wie man so hört. Ein Gesicht, wie geschaffen für die Fernsehkamera. Ausstrahlung. Blendende Beziehungen zur Wirtschaft, womit nicht Kneipe gemeint ist.

Im Lichtensteiner Radio behauptete er: Ich will niemanden verdrängen. Doch sollte man mich für Aufgaben des höheren Managements brauchen, werde ich mich dem Ruf nicht verschließen.

Abschließende Frage, Herr Doktor Strohm. Wie würden Sie sich selbst beschreiben?

Ganz einfach: ein knallharter Realist, der einen großen Traum hat. Dieser Traum hat einen Namen: Profifußball in Lichtenstein.

Eine Woche später träumten wir vom großen Los. In meinem Lokal wurde es eng, alle waren da, die Mannschaft, der Vorstand, viele Anhänger. Einige schwenkten schwarz-blaue Fahnen, trommelten, das Bier floß. Nur Doktor Strohm fehlte. Er führe Verhandlungen mit namhaften Firmen aus dem Köln-Düsseldorfer Raum, hieß es. Wegen Trikot- und Bandenwerbung. In wessen Namen?

fragte ich laut. Wer hat ihn beauftragt? Der Herr Doktor ist nicht mal Vereinsmitglied!

Ruhig Blut, Hein, sagte Huppertz. Nimm das doch nicht persönlich!

Du fällst mir also auch in den Rücken, sagte ich.

Huppertz öffnete den Mund, aber da erschien der Sportschaumann auf dem Bildschirm, eingerahmt von zwei Funktionären des Deutschen Fußballbundes und einer Spielerin der Damennationalmannschaft, falsches Blond und schwachbrüstig. Sie durfte die Lose ziehen. Die Verantwortung schien schwer auf ihr zu lasten, ihr linkes Lid zuckte nervös.

Der Reporter begrüßte alle Freunde des runden Leders zur Auslosung der zweiten Hauptrunde des DFB-Vereinspokals. Die Funktionäre ließen ihren üblichen Weihrauch ab: Der Pokal hat seine eigenen Gesetze, das wunderbare Berliner Endspielpublikum, Elfmeterschießen, wenn es auch nach hundertzwanzig Minuten keinen Sieger gibt. Nun war die Nationalspielerin an der Reihe, ihr Lid zuckte heftiger. Sie ließ ihre Hände in die gläserne Losschüssel sinken, mischte schüchtern die vierundsechzig zigarrenförmigen Hülsen, in denen die Namen der im Wettbewerb verbliebenen Mannschaften steckten. Langen Sie ruhig kräftiger zu, die beißen nicht! Das erste Los, bitte!

Der dickere der beiden Funktionäre öffnete die Hülse, entnahm ihr einen Zettel, las ihn, hielt ihn in die Kamera und sagte: 1. FC Saarbrücken.

Haben auch schon bessere Tage gesehen, die Saarländer, nörgelte der Reporter. Die Nationalspielerin wühlte. Ruhig etwas schneller! Sie gehorchte überstürzt, der Funktionär tat seine Arbeit, sagte: FSV Mainz 05. Ein Südwestderby, immerhin, sagte der Reporter gelangweilt. Nun die zweite von insgesamt zweiunddreißig Spielpaarungen. Wir müssen etwas Gas geben! Der beschäftigungslose Funktionär schaute der Nationalspielerin scharf auf die zitternden Finger. Ja, das ist spannend!

Das dritte Los wurde gezogen. FC 69 Lichtenstein, sagte der Funktionär mit Beamtenstimme. Im Lokal kamen Biergläser und Stühle zu Fall, es wurde geschrien, daß der große Leuchter wackelte, viele hielten sich aneinander fest. Ich drückte den Lautstärkeregler auf volle Kraft.

Gegen? fragte der Reporter ungeduldig. Die Nationalspielerin war vom Bildschirm verschwunden. Lichtenstein, ein Viertligaklub, schaltete sich der Reporter wieder ein. Er lächelte verkrampft. Ein Zettel wurde ihm gereicht. Die Amateure haben, wenn ich richtig informiert bin, auf ihrem Weg unter die letzten Vierundsechzig die klassenhöheren Teams von Alemannia Aachen und Borussia Neunkirchen aus dem Rennen geworfen. Wünschen wir den Rheinländern einen attraktiven Gegner und ein ausverkauftes Haus.

Die Nationalspielerin war wieder da. Sie trug jetzt eine Schirmmütze, bedruckt mit dem Namen eines Automobilherstellers. Die hatte sie wohl in der Aufregung vergessen. So, sagte der Reporter, Lichtenstein, das rheinische Städtchen, gegen —?

Bayern München! schrien alle im Lokal. FC Köln! HSV! Schalke 04!

Spielvereinigung Lindau, sagte der Funktionär.

Gestopfte Mäuler, Kehlkopfvereisung. Bier wurde schal, Zigaretten verglühten im Aschenbecher. Lindau — wo liegt das denn? fragte endlich jemand, leise, wie zu sich selbst. In Sibirien? In der DDR? Ehemalige, heißt das, schrie Olaf, unser Torwart.

Ich schaltete den Fernseher aus und sagte: Wenigstens ein Heimspiel.

Immer schön bescheiden bleiben, was? sagte der eben eingetroffene Doktor Strohm und musterte mich vorwurfsvoll von oben bis unten.

Zweihundert Zuschauer — höchstens — gegen diese Bodenseefritzen, und auch nur, wenn die Sonne scheint und wir die Eintrittspreise halbieren. Und der sagt: Wenigstens ein Heimspiel!

Wenn hier einer was halbiert, sagte ich und sah dabei Huppertz an, dann bin immer noch ich das.

Hein, der Doktor hat recht, rief der Stadionsprecher. Wir haben lange genug kleine Brötchen gebacken!

Mit dem Doktor als Präsident hätten wir jedenfalls ein besseres Los gezogen! sagte der Platzwart zu seinen Schuhen, um mir nicht in die Augen sehen zu müssen. Zustimmendes Murren, es wurde geklatscht, zögernd, dann immer lauter.

Ja, seid ihr denn alle bekloppt geworden! schrie ich gegen den Lärm an. Meint ihr wirklich, daß wir nen Bundesligisten gekriegt hätten, wenn dieser Fremde Präsident gewesen wäre?

Kann man nicht wissen, sagte unser Vorstopper.

Genau, sagte der Trainer. Möglich ist im Fußball alles.

Wir sind veraltet, wir zwei, sagte Huppertz mit Karfreitagsgesicht. Hein, wir sollten den Weg freimachen für Jüngere. Ich riß mir die blau-schwarze Wollmütze vom Kopf, warf sie auf den Wohnzimmertisch, ein Häkeldeckchen verrutschte.

Bleibst du noch lange? rief Lotte aus der Küche.

Ein Gewehr. Bitte!

Wozu? fragte Huppertz, festgekrallt in den ledergepolsterten Armlehnen seines Fernsehsessels.

Zu meinem Schutz.

Wenn du Schutz brauchst, ruf die Polizei. Versteh doch, ich darf dir kein Gewehr geben. Das würde mich den Jagdschein kosten. Außerdem, und das mußt du mir jetzt glauben, hab ich den Schlüssel vom Waffenschrank verlegt.

Was faselt der immer von einem Gewehr? rief Lotte. Wenn er verspricht, sich zu erschießen, dann gib ihm doch eins.

Walter, hör auf deine Frau, sagte ich.

Eisregen fiel. Die Landschaft glich einer Kuhhaut: Schneeinseln und schwarze Flecken. Ein einsames Auto kroch vorbei, seine Scheinwerfer tasteten mich ab. Die Mütze tief in die Stirn gezogen, rutschte ich wie ein seiltanzender Clown vorwärts. Das Gewehr war mein Stock, in der linken Hand trug ich eine Plastiktasche, Cognacflaschen klimperten bei jeder Bewegung. Ein paar Straßen weiter explodierten Feuerwerkskörper, drei Stunden zu früh. Hinter Fenstern wurde gelacht, Musik mit stampfenden Hammerbässen, sattes Gegrunze, Hundegebell. Die Weihnachtsbeleuchtung, seit einer Woche in Hochbetrieb, glänzte matt.

In der Telefonzelle stellte ich vorsichtig Waffe und Tasche ab, öffnete mit klammen Fingern mein Portemonnaie. Geldstücke, ein Schein fielen heraus, ich bückte mich nicht. Konzentrierte mich auf zwölf Zahlen, schwungvoll auf einen halbierten Bierdeckel geschrieben; schwanenhalsige Zweien, Sechsen mit vollen Bäuchen. Wie unter Wasser hörte ich englisches Gequassel, ein Saxophon quäkte. Hallo? rief ich, hallo?

Hein! sagte Ulla. Wie geht's dir?

Und dir?

Geht's Keith auch gut?

Auch gut. Ich weiß nicht. Hab ihn lange nicht gesehn. Ulla?

Ja?

Frohes neues Jahr.

Wünsch ich dir auch. Du brauchst übrigens nicht so zu schreien. Ich versteh dich gut, trotz der Entfernung. Moderne Technik, weißt du.

Ulla? Ich will keinen Pfaffen am Grab. Die Leute sollen drei Tage lang Sauerbraten fressen und Cognac saufen, keine Hostien, kein Weihwasser. Und Rock'n'Roll tanzen. Versprich mir, dich darum zu kümmern! Mein Sparbuch liegt in der obersten Schublade vom Küchenschrank. Tschüß.

Hein —

Ich legte auf.

Auf dem Dach des Bürgerzentrums gab es in diesem Jahr keinen Weihnachtsbaum. Stacheldrahtrollen lagen herum. Viele Fenster waren eingeschlagen, der Haupteingang stand weit offen. Davor parkte ein Mannschaftswagen der Polizei, vier Mann saßen darin, spielten Karten, rauchten, Kappe in den Nacken geschoben. Die Beifahrertür sprang auf, einer, der vor Jahren mal in unserer A-Jugend gespielt hatte, Mittelfeld, kein großes Talent, sagte: 'n Abend, Hein, spazieren? Was hast du mit der Flinte vor?

Tore schießen, antwortete ich. Und was macht ihr hier, Jungs?

Objektbeobachtung. Da — er zeigte auf das Bürgerzentrum — ist eingebrochen worden.

Und der Stacheldraht?

Hier wird rundum ein Zaun hochgezogen. Zum Schutz für die — neuen Bewohner.

Der Polizist rieb seine Hände, hauchte sie an. Am Himmel zerplatzten Leuchtraketen.

Die Leute haben keine Geduld mehr heutzutage, sagte ich. Ein zweiter Polizist stieg aus dem Wagen. Er fummelte an seiner Kappe herum, bis sie der Dienstverordnung entsprechend saß, und zupfte unsichtbare Flusen von seiner Uniform. Dann sah er mich an. Her mit der Schußwaffe, Opa, und zwar sofort!

Er gab sich keine Mühe, seine Verärgerung über den Feiertagsdienst bei minus fünf Grad zu verbergen. Er hätte ein Sohn von diesem Doktor Strohm sein können. Der gleiche schneidige Ton, das gleiche glattrasierte Grinsen, der eisblaue Scharfblick.

Hände hoch und keine falsche Bewegung! hörte ich mich sagen.

Eigentlich lohnte es sich nicht mehr, für diese Bruchbude, in der fast alles kurz und klein geschlagen war, den Kopf zu riskieren. Daß Unbekannte die Heizungsanlage zu Schrott verarbeitet, sämtliche Heizkörper abmontiert und weggeschafft hatten, war mir seit dem frühen Morgen bekannt. Ich hatte vorgesorgt: drei Flaschen Cognac und ein Glas. Auch daß die elektrischen Leitungen zerstört waren, kein Wasser mehr floß, hatte sich herumgesprochen. In meiner Jacke steckten eine Taschenlampe und Reservebatterien. Von Parolen an den Wänden, mit schwarzer Sprühfarbe geschrieben, und der Hundescheiße im ehemaligen Töpferraum hatte niemand etwas gesagt. Um den Gestank aus der Nase zu bekommen, zündete ich mir eine Zigarre an. Ich ging die Treppe zur ersten Etage hoch, betrat den leergeräumten Tischtennisraum. Beschmierte Wände, herausgerissene Stromkabel, aber wenigstens waren die Fenster ganz geblieben und die Luft rein. Ich kratzte ein Bullauge in ein Eisblumenfenster, warf einen Blick nach draußen: Kreisendes Blaulicht, zwei weitere Polizeiwagen waren erschienen. Sie hielten ungefähr dreißig Meter Abstand zum Gebäude. Ich hatte ihnen Respekt beigebracht.

Huppertz' Flinte war es nicht, was sie in kopflosen Laufschritt versetzt hatte. Meine Drohung, zehn Kilo Sprengstoff auf dem Körper verteilt mit mir herumzuschleppen, verdarb ihnen die Sylvesterstimmung. Ich zieh an ner Schnur, und schon ist Aschermittwoch, hatte ich gesagt.

Ich genehmigte mir einen dreifachen Cognac. Ein paar kostbare Tropfen gingen über Bord, weil meine Hand vor Kälte zitterte. Ich wollte sie gerade an der Zigarrenglut wärmen, da hörte ich ein scharfes Pfeifen. Eine megaphon- und angstverzerrte Stimme, die ich zunächst nicht erkannte, flehte mich an aufzugeben. Noch ist es nicht zu spät, Hein! Sag, es war ein Neujahrsscherz, und komm raus! Du bist unser Präsident und wirst es immer bleiben!

Bis daß der Tod uns scheidet, urbi et orbi, Amen. Huppertz redete wie der Papst, der er als Kind hatte werden wollen. In seiner Familie hatte es einen Pfarrer und eine Nonne gegeben, und die Knie von Huppertz' Mutter waren immer wundgescheuert vom ehrfürchtigen Beten auf rauhem Kirchenholz. Obwohl meine Eltern es mit den Roten hielten, war ich als Achtjähriger ebenfalls empfänglich für jüngste Tage und alte Testamente. Besonders beschäftigte mich damals das Bein meines Onkels. Die Franzosen hatten es ihm im Ersten Weltkrieg weggeschossen. Es ist ihm in den Himmel vorangegangen, meinte Huppertz, der kleine Papst. Was aber, überlegte ich laut, wenn der Onkel was Böses anstellte, den Himmel verspielte? Warfen Gott oder einer seiner Gehilfen das voreilige Bein dann einfach runter in die Hölle?

Aus solchen und ähnlichen Fragen riß mich die Einladung meines Vaters zum Fußball: das Endrundenspiel um die deutsche Meisterschaft 1935, VfL Benrath, ein Düsseldorfer Vorortklub, gegen den VfR Köln. Huppertz durfte auch mit. Mit Fußball hatten wir bis dahin nichts am Hut, uns reizte die erste Zugfahrt unseres Lebens.

Die Düsseldorfer gewannen 5:0. Das Ergebnis war das einzige, was uns nicht gefallen hatte. Von diesem Tag an konnte mir das Bein meines Onkels gestohlen bleiben. Und Huppertz begann, den Gottesdienst zu schwänzen und im Beichtstuhl zu lügen. Wir hatten keine Zeit mehr für die Hölle.

John und George trugen Jeans und Turnschuhe und eine Bierfahne vor sich her.

Kalt, sagte John.

Hättest ja in Afrika bleiben können, sagte ich.

George hielt den Mund. Er verstand kein deutsches Wort. Sein Radio machte leise englischen Krach.

Ich hab Cognac dabei, sagte ich. Der wärmt.

In Keith' früherer Kneipe traten wir, die Arme um den Oberkörper geschlagen, von einem Bein aufs andere. Der Lichtstrahl meiner Taschenlampe fiel auf einen Friedhof für Schlafzimmereinrichtungen billigster Art. Die Kasernenbetten waren einen Tag nach Weihnachten geliefert worden. Ich hatte vor meinem Lokal gestanden, auf Kundschaft gewartet, die nicht kam, und den Möbelwagen mit Wuppertaler Kennzeichen vorbeifahren sehen. Die ganze Arbeit war umsonst: aufgeschlitzte Matratzen, beinamputierte, mit teerig riechender Farbe überschüttete Betten. Wir gingen nach oben in den Tischtennisraum. Ich achtete darauf, daß kein Licht auf die Parolen fiel. Das Fenster war wieder blind geworden, ich kratzte es frei.

Bullen, sagte George. *Ein* deutsches Wort kannte er also. Wir tranken; ich aus dem Glas, die Afrikaner aus der Flasche. Ich erfuhr, daß sie in einem Barackenlager nahe Wuppertal hausten, ohne fließendes Wasser, mit defekter Heizung. Am späten Nachmittag, nach einigen Dosen Bier, waren sie auf die Idee gekommen, ihre neue Unterkunft zu besichtigen, zwei Tage vor dem offiziellen

Umzugstermin. Sie waren mit dem Zug gefahren. Schwarz, sagte John und grinste. Das Haus mit der offenen Tür hatten sie schnell gefunden. Nachdem sie bei schlechtem Licht durch zwei verwüstete Räume gegangen waren, wollten sie ebenso schnell wieder fort. Da war dieser Polizeiwagen aufgetaucht. Sie glaubten, die Polizei fahnde nach ihnen, weil sie das Lager unerlaubt verlassen hatten. Sie hielten sich unter Trümmerbetten versteckt, bis Georges Husten mich auf ihre Spur gebracht hatte.

Ich kickte eine ihrer leeren Bierdosen weg. Keine Sorge, sagte ich. Die suchen nicht euch, sondern mich. Wißt ihr, wir haben hier in Deutschland so einen Sylvesterbrauch. Einer muß sich verstecken, und die anderen suchen ihn. Manchmal, wenn sich die Sucher zu ungeschickt anstellen, hilft die Polizei mit.

Wie bei Hochzeit? Die Frau verstecken?

Ja, so ähnlich. Ihr seid frei. Könnt gehn, wohin ihr wollt. Ich darf erst Punkt zwölf raus, im neuen Jahr.

John schüttelte den Kopf. Du lügst, sagte er.

Ich lüge nie.

Swear by God!

Obwohl ich sofort und feierlich meinen Eid leistete, es mir endgültig mit dem Vater, dem Sohn, dem Heiligen Geist verdarb, schien ihnen nur ein

Kieselstein vom Herzen zu fallen. John lächelte zweifelnd und dolmetschte, crazy people, crazy, George rauchte und schnippte nach jedem Zug die Asche weg.

Trinken wir noch einen, und dann haut ihr ab.

John leckte mit seiner langen Zunge das Etikett der Cognacflasche ab. Gut, gut! sagte er.

Hör auf mit der Sauerei! Du bist hier nicht im Urwald.

John verzog beleidigt die Mundwinkel, was ihn allerdings nicht daran hinderte, kräftig zu gurgeln. Damit George seinen Mund nicht nur zum Schlukken aufmachte, fragte ich ihn: How old?

Eighteen.

Play football?

Er nickte. John sagte: George hat bei uns in der Second Division gespielt.

Gekauft. Kann nach der Winterpause sofort anfangen. Welche Position?

Forward –

John zeigte auf das Gewehr, das in einer Ecke stand. What's that?

Nicht geladen, sagte ich schnell und richtete die Taschenlampe auf den Boden. Ein Spielzeug. Es gehört zum Brauch.

Wenn du lügst, brennst du in der Hölle. Immer!

Prost, sagte ich.

George rülpste. Die erste Flasche war leer. Ohne mich um Erlaubnis zu bitten, schraubte er die zweite auf. John stellte das Radio lauter. Die beiden riefen sich mit schwerer Zunge Worte zu, die ich nicht verstand. Sie tanzten. Geschmeidiges Torkeln. Ich nutzte die Gelegenheit, griff nach der Flasche und goß mir ein. Da war ein Geräusch, das nicht zur Musik paßte, ein Formel-1-Rasenmäher beim Start. Scheinwerfer flammten auf, im Tischtennisraum wurde es hell wie in Afrika im Hochsommer.

Geblendet öffnete ich das Fenster einen Spalt weit und schrie: Weg mit dem verdammten Hubschrauber und den Scheinwerfern, sonst erschieße ich die Geiseln!

Huschende Schatten hielten inne. Stimmen redeten gedämpft durcheinander, dann megaphonverzerrtes Räuspern.

Welche Geiseln?

Im Radio lief jetzt ein Lied von so einer Rockkapelle, möglich, daß es die Beatles waren. Das Wort *help* kam immer wieder darin vor. Die beiden Schwarzen brüllten mit, *help!*, immer wieder: *help!*, dazu twisteten und hüpften sie weltvergessen wie durchgedrehte Panther. Ich schloß das Fenster.

Was ist *Geisel?*

Schwer zu sagen. Laß mich überlegen. Ein Begriff aus unserem Sylvesterspiel. Wenn die Sucher zuviel Licht benutzen, gibt das Minuspunkte, die nennt man –

John hatte aufgehört, mir zuzuhören. Er las schwarze Buchstaben auf weißen Wänden. *Neger in die Gaskammer – nicht ins Bürgerzentrum! 5 Kongohähne waren genug! Kommando Leutnant von Schlütz.*

Fünf afrikanische Hähne haben in einer Nacht meine ganze Zucht versaut und ermordet! hatte Erwin Radermacher auf der Bürgerversammlung gerufen. Sein Sohn Paul, ein zwei Zentner schwerer Schrank, brummte bestätigend.

Moment, sagte der Mann vom Düsseldorfer Innenministerium und spreizte mäßigend die Hände, hier geht es um Menschen, nicht um Federvieh. Fakt ist, die Asylbewerberinnen und Asylbewerber brauchen eine menschenwürdige Bleibe –

Die sollen bleiben, wo der Pfeffer wächst!

Beifall, aber auch Pfiffe. Willi Havenith ließ sich in ein Handgemenge verwickeln.

Bestimmt haben Sie die erschütternden Berichte über das Wuppertaler Barackenprovisorium verfolgt, sagte der aus Düsseldorf ins pfeifende Mikrofon. Ein zwei Monate altes Baby ist um ein Haar an Unterkühlung gestorben, weil –

Vernichtungslager! rief eine Frau aus Haveniths Ortsgruppe.

Die Versammlung fand in der Turnhalle statt, dem größten Raum des Bürgerzentrums. Wir saßen auf Stühlen für Sechsjährige, die aus der Schule herbeigeschafft worden waren. Die meisten waren gekleidet wie für das Sonntagshochamt. Es roch nach Gummi, Sauerkraut und Schweißfüßen. Um den Holzboden zu schonen, hatte jeder seine Schuhe ausziehen müssen. Erhitzte Pfadfinder vor wackligen Regalen teilten numerierte Quittungen aus.

Fakt ist, daß wir uns die Entscheidung nicht leichtgemacht haben. Doch alle Kapazitäten sind erschöpft. Trotz des deutlichen Rückgangs von Asylbewerbern durch die Änderung des Grundgesetzes —

Keine Änderung! Abschaffung!

Na, Gottseidank!

— ist durch den ungebremsten Zuzug von Deutschstämmigen aus den GUS-Staaten eine Situation entstanden —

Trotz Rauchverbots wurde geraucht. In den Nebenstraßen vor dem Bürgerzentrum stand Polizei. Der Radioaffe mit den schwarzen Klamotten und dem Sheriffstern hielt mir ein Mikrofon unter die Nase und rief: Äußern Sie sich!

Wozu?

Das wissen Sie ganz genau!

Ich lüftete seinen Cowboyhut und sagte: Wenn du mich fragst, Freundchen: Bei dir da oben ist ein Toupet fällig.

Eine grüne Schülergruppe hatte einen Film über das Elend in Afrika zeigen wollen. Der Film fiel aus, weil die Bedienungsanleitung für den altertümlichen Projektor fehlte. Rechts und links von mir saß niemand, obwohl die Halle aus allen Nähten platzte. Viele standen auf den Socken ihrer Nebenleute. Eine Reihe vor mir entdeckte ich Rita, Kalles Frau. Ich tippte ihr auf die Schultern. Neue Frisur? Steht dir gut!

Rita drehte sich nicht um. Was willst du denn hier? sagte sie nur.

Die sind doch alle Aids-verseucht!

Na-zis raus! skandierten Haveniths Ortsgruppe und die grünen Schüler.

Kommunistenschweine!

Noch einmal: größtes Verständnis für ihre Erregung –

Der Mann aus Düsseldorf schwitzte. Er kämpfte mit seiner beschlagenen Brille.

Fakt ist? rief ich.

Schnauze, Schnitzler! Eine Unterschriftenliste wurde an mir vorbeigereicht. In dem vor fünfzehn Jahren abgeschlossenen Pachtvertrag – der Beamte wedelte mit Papieren — steht unter Punkt vierzehn, Absatz drei, ich zitiere —

Was, du zitterst? Hast auch allen Grund dazu!

Das von der Schülergruppe an der Wand hinter dem Rednerpult angebrachte Transparent, auf dem eine Schwarze und eine Gelbe und eine Weiße sich die Hände reichten, *Für eine bunte Republik!*, fiel herunter, und in der Halle hielt man sich den Bauch.

— ist dem Gemeinwohl Präferenz einzuräumen und kann eine sofortige Kündigung des Pachtvertrages für das Bürgerzentrum Lichtenstein einseitig vom Pachtgeber ausgesprochen werden. So. Eine außergewöhnliche Situation ist in dem vorliegenden Fall zweifelsfrei zu konstatieren. Einer Ihrer Interessenvertreter hat das damals unterschrieben und damit ist —

Wer hat das unterschrieben?

Moment — ein Herr Schnitzler. Hein Schnitzler.

Dieser Lügner und Betrüger! schrie Radermacher. Dieser Hochstapler!

Erwin Radermacher erhielt den größten Beifall seines Lebens. Die Pfadfinder machten ihrem Namen keine Ehre. Es dauerte fast eine halbe Stunde, bis sie meine Schuhe gefunden hatten.

Ich hatte vierzigjährige Berufserfahrung mit Männern, die, vom Alkohol gefällt, aus den Latschen kippten, vom Hocker fielen, den Boden küßten. Bruchpiloten gehörten zu meinem Alltag. Dieses hilflose Flügelpaddeln, bevor die Puddingbeine wegknicken und es zum Kniefall mit anschließender Bauchlandung kommt. Daß Sturzbetrunkene einen Instinkt für den sanften Aufprall, das Glück im Unglück haben, ist ein Gerücht. Blutige Nase, aufgeplatzte Lippen, Kiefergeschichten und mit Zähnen vermischtes Erbrochenes sind die Regel, harmlose Arschplumpser, geringfügige Steißbeinprellungen dagegen die Ausnahme; vorwärts geht es in die Tiefe. Meistens trifft es unbegabte Anfänger, Alles- und Schnellsäufer, parfümierte Angeber, die mal Marlboro-Mann sein wollen. Aber auch erfahrene Trinker rafft es manchmal unversehens dahin. Wenn Ärger im Beruf, Streit mit der Frau das Gleichgewicht schon vor dem ersten Glas gestört haben. Selbst das Wetter kann einem an sich trinkfesten Mann einen Streich spielen.

Einen in jeder Hinsicht perfekten Abgang, wie George ihn hinlegte, hatte ich bisher nur im Kino gesehen. Einige Stummfilmhelden – oder ihre Doubles – hatten kerzengerade Haltung im fast freien Fall bewahrt. Kein Straucheln oder Zusammensacken, kein Fuchteln: George fiel um wie ein

209

abgesägter Strommast. Artistisch, ohne viel Lärm. Als vertraue er darauf, daß die Bretter, auf die ihn der Cognac aus heiterem Tanzhimmel schickte, butterweich und schaumstoffbeschichtet wären. George bot was fürs Auge, eine regelrechte Vorstellung, die, und das grenzte an Zauberei, keinen Tropfen Blut, keinen einzigen Zahn kostete; jedenfalls wurde meine Taschenlampe nicht fündig.

John war Georges Darbietung nur ein kurzes Aufsehen wert; er schien den Trick zu kennen. Gelassen, doch im Gegensatz zu seinem Freund stark schwankend, öffnete er die dritte Flasche. Finger weg von meiner eisernen Reserve! rief ich. You asshole, lallte John, von einem gewaltigen Schluckauf geplagt. Er suchte mit Schützenaugen seinen Mund. Hatte er ihn, großzügig Cognac verschüttend, auf Umwegen gefunden, stieß der Schluckauf die Flaschenöffnung von seinen Lippen weg. Johns Flüche klangen wie unbeholfene Babysprache. Bevor es mir gelang, ihm die Flasche zu entwinden, hatte er sie wütend gegen eine Wand geschleudert.

Verdammter Idiot! Was wollt ihr überhaupt hier! Warum seid ihr nicht in Afrika geblieben!

Warumwarum! John riß sich die Jeansjacke, das Hemd vom Leib, präsentierte seinen vernarbten Brustkorb. Irgend jemand mußte den mit einem Aschenbecher verwechselt haben.

They've killed my Mama – Schluckauf – and my Papa, my little – Schluckauf – sister and my – John warf sich auf den Boden, schlug mit Fäusten auf seinen Kopf ein und weinte gackernd.

Reg dich nicht auf, sagte ich. War ja nur ne Frage.

Ich holte aufgeschlitzte Matratzen und nach Teer stinkende Decken, besser als gar nichts, und brachte John und George ins Bett.

Im Mond- und Blaulicht bezogen Kampfanzüge und Sturmhauben Position. *Schnitzler! Lassen Sie die Geiseln frei und kommen Sie mit erhobenen Händen heraus!* Ich trainierte meine kalten Finger, bewegte die Zehen. Um etwas Unterhaltung zu haben, schaltete ich das Radio wieder ein. Radio Lichtenstein sprach von tragischen Vorkommnissen und Schaulustigen, die die Polizeiarbeit behinderten. Die Sprecherin bat um Verständnis dafür, daß keine Partyhits mehr gesendet würden, sondern abwechselnd Beethoven und afrikanische Musik. Ich schaltete um auf leichte Klassik.

John wurde auch im Schlaf von seinem Schluckauf verfolgt. Das Bullauge war wieder zugefroren, ich machte mir nicht die Mühe, es freizukratzen. Draußen brüllte jemand die Worte *Penner* und *Arschlöcher* und *keine Disziplin.* Schien nicht gerade eine Elitetruppe zu sein, die sie mir da auf den Hals geschickt hatten.

Ich glaubte an einen Sturmangriff, warf mich zu Boden, robbte zu meinem Gewehr, um etwas in der Hand zu haben, aber dann war es nur das neue Jahr. Die Leute waren dem Aufruf des Senders, auf Raketen und Krach zu verzichten, nicht gefolgt. Nur die Kirchenglocken schwiegen.

Im Juni des neuen Jahres würde ich neunundsechzig werden. Ein neunundsechzigjähriger Neunundsechziger. Der nadelstreifenfeine Doktor Strohm hatte jetzt freie Hand. Als ich auf einen Schlag Bernie Stampfer von Hertha BSC loskaufte und den einundvierzigfachen österreichischen Nationalspieler Luggi Prantl von Graz nach Lichtenstein holte, hatten sie mir versprochen, das Stadion an der Kölner Straße zu meinem siebzigsten Geburtstag nach mir zu benennen. *Hein-Schnitzler-Kampfbahn.*

Zwei Grundstücke, bestes Bauland, hatte mich der Spielertransfer gekostet, den auch die überregionale Presse als spektakulär bezeichnete. Eigentlich hatte meine Frau die Grundstücke der Kirche vermacht. Zwei Wochen vor ihrem Tod hatte ich herausgefunden, wo sie das Testament aufbewahrte. Ich verbrannte es, ersetzte es durch ein anderes. Die lebenslange Scheu meiner Frau vor Behörden, Anwälten und Notaren war dem Verein zugute gekommen.

Luggi Prantl war eine Enttäuschung, aber nur eine halbe. Immerhin hat er Lichtenstein groß herausgebracht. Als er aus seinem roten Lamborghini stieg, übergewichtig, kniesteif, gelbe Nikotinfinger und schwer sektlaunig, traute ich meinen Augen nicht. Dachte, das muß der verrückte Manager sein. Nach drei Freundschaftsspielen gegen Dorfvereine, die Tausende Zuschauer und mehrere Fernsehkameras anzogen, ließ Luggi sich krankschreiben. Seine anschließenden Eskapaden mit Flittchen aus dem Düsseldorfer Bahnhofsmilieu brachten Lichtenstein auf die erste Seite eines Millionenblatts. Huppertz und die anderen Vorstandsfiguren machten ein Gesicht, als wäre ihnen die Schirmherrschaft über die Buster-Keaton-Gedächtnisgesellschaft angetragen worden. Ich verlor kein böses Wort über Luggi. Daß er es flott und bunt trieb, war mir bei Vertragsabschluß bekannt gewesen. Ich hatte mir immer einen Nationalspieler gewünscht, Luggi hatte meinen Traum erfüllt. Ich würde ihm allerdings dringend empfehlen, seinen roten Lamborghini nicht in meiner Reichweite zu parken.

Bernie Stampfer rauchte nicht, trank nicht; er telefonierte stundenlang mit seiner Mutter. Er schoß uns mit einundvierzig Toren in dreißig Meisterschaftsspielen in die Oberliga Nordrhein. Ihm verdankten wir auch unsere Pokalerfolge. Trotz einer

Verletzung, die ihn zu einer sechswöchigen Pause zwang, führt er auch in dieser Saison die Torjägerliste an, klar vor Erich Reifferscheidt, unserem zweitbesten Mann. Billy Swann, der Boss von Manchester United, rief mich kurz vor Weihnachten an und nannte eine Summe, für die es in Lichtenstein keinen Tresor gab; außerdem sagte er ein erneutes Freundschaftsspiel zu. Billy, speak mit Doktor Strohm, sagte ich und legte auf.

Knirschende Schritte auf dem Dach. Eine Lawine aus Steinen oder Dachziegeln polterte talwärts, schlug auf dem hartgefrorenen Kiesweg vor dem Bürgerzentrum auf. Entweder hatten meine Belagerer alles vergessen, was ihnen in der Grundausbildung beigebracht worden war, oder sie hielten mich für einen schwerhörigen Idioten. Vielleicht steckte ihnen eine feuchtfröhliche Sylvesterfeier in den Knochen, die wegen eines dynamitbeladenen Geiselgangsters ein jähes Ende gefunden hatte. Oder ein Ablenkungsmanöver: Tamtam auf dem Dach, im Erdgeschoß leise Sohlen —

Schnitzler! Ihr Sohn möchte zu Ihnen kommen!

Wenn das ein dreckiger Bluff ist, fliegt der ganze Laden in die Luft! Und ihr seid mit dabei!

Magerer Schnee fiel. Ich schloß das Fenster, zerkratzte die Eisblumenwiese. In seinem letzten Spiel für die Schülermannschaft der Neunundsechziger, einen Tag nach seinem zwölften Geburtstag, hatte sich Keith gleich zu Anfang im gegnerischen Strafraum niedergelassen und im Abseits Gras und Gänseblümchen gepflückt. Ich bin auf den Platz gelaufen, die Hand ist mir ein paarmal ausgerutscht.

Einmal war ich mit ihm im Müngersdorfer Stadion. 1. FC Köln gegen Borussia Mönchengladbach, der ausverkaufte Westschlager. Stimmung, als hätten alle im Lotto gewonnen. Das Spiel war gerade angepfiffen, da fragte Keith: Wie lange noch? Er bangte nicht mit, biß sich nicht auf seine Unterlippe, wenn Gefahr im Verzug war. Hinter uns sprach jemand von Wasserträgern, ohne die Stars keine Stars wären. Keith heuchelte höflich Interesse und fragte mich, weshalb die Wasserträger keine Eimer dabei hätten. Dann feuerte er die falsche Mannschaft an.

Samstag nachmittags ab drei, die Bundesligaberichte im Radio, *Tore – Punkte – Meisterschaft*. Setz dich zu mir, Keith, da sind Erdnüsse, Schokolade und Limo, Junge, komm und hör zu, die verdammten Bayern kriegen heute in Schalke eine auf die Nuß! *Wie lange noch?* Ich hätte ihn bis zur neunzigsten Minute in Ketten legen müssen, sagte aber: Hau schon ab zu deinen Tittenheften. Er wurde nicht mal rot.

Als er zwei Wochen nach dem Preußen Hall-
berg-Spiel auszog, ließ er einen Müllkarton zurück, voll mit Büchern, die ich ihm zu Weihnachten, zum Geburtstag und auch außer der Reihe
geschenkt hatte. *Unsere Nationalmannschaft in
Wort und Bild. Die Geschichte der Oberliga West
1947–1963. Die Helden von Bern. Die Bundesliga
von A–Z. Pokalfieber und Torrausch. Fußball ist
unser Leben. Ziel: Bundesliga.* Einen halben Tag
lang mußte er damit verbracht haben, jede Seite ein-
zeln zu zerreißen.

Nur einmal habe ich ihn in Köln-Ehrenfeld be-
sucht, an einem milden Spätherbstsamstag. Zuvor
hatte er mich mehrmals ein- und wieder ausgela-
den. Sein Grippehusten, an dem er mich telefonisch
teilhaben ließ, hatte jedesmal eine Spur zu hartnäk-
kig geklungen.

Im Treppenhaus roch es nach Vorkriegssuppen,
in der Wohnung verlobten sich Tomatensoße und
Oregano. Das ist Hein, sagte Keith zu seiner Freun-
din. Die nickte knapp und ging auf Wollsocken und
Pantoffeln ins Nebenzimmer, was für die Uni tun.
Geschichte und Geographie, sagte Keith schnell.
Da stand ich mit meinen Blumen. Wenn du, bitte,
die Schuhe ausziehen könntest, sagte Keith. Neuer
Teppichboden. Darf ich dir was anbieten?

Kaffee und Cognac wären nicht schlecht.

Harte Sachen haben wir nicht, rief die Freundin aus ihrem Zimmer.

Na gut. Dann nur Cognac.

Es gab kalte Schulter und lauwarmen, dünnen Kaffee. Ich legte den Blumenstrauß auf einen Glastisch, steckte mir eine Zigarre in den Mund.

Bitte, sagte Keith.

Schon gut, sagte ich.

Keith ging in die Küche, die Blumen versorgen. Ich sah mich um: weiße Wände, schwarze Möbel, viele Bücher, die gelesen aussahen. Eine runde Rauhfaserstelle, etwas dunkler als die übrige Fläche; vielleicht hatte da mal ein Spiegel gehangen.

In Köln ist mehr los als in Lichtenstein, sagte Keith bei seiner Rückkehr.

Schön, daß du hier glücklich bist.

Was heißt glücklich.

Er mußte wieder in die Küche. Diesmal war es die Spülmaschine, die komische Geräusche von sich gab. Ich hörte nichts, sah aber, daß ich Löcher in den Strümpfen hatte. Ich stellte einen Fuß auf den anderen, verrenkte den oberen, bis der Schaden nicht mehr zu sehen war.

Und beim Sender?

Läuft ganz gut.

Zahlen die ordentlich?

Ziemlich.

Keith verschwand wieder. Ich folgte ihm. Er ging in der Küche auf und ab, vom Kühlschrank zur Balkontür und zurück. Zeitschinden nennt man das unter Fußballern. Er machte ein Gesicht wie ein Unschuldiger in der Todeszelle. Ich schlich zurück ins Wohnzimmer.

Noch Kaffee?

Keith, du weißt doch, daß ich wasserscheu bin! Ich erhob mich. Paß auf. Ich hab nen Fünfhunderter dabei, den hauen wir beide jetzt auf den Kopf! Hier ist ja angeblich soviel los. Hol deinen Mantel, und dann: Kölle alaaf!

Geht nicht. Wir — kriegen Besuch.

Ich bin dein Besuch.

Freunde von uns.

Verstehe. Sind wenigstens ein paar nette Weiber dabei?

Sie hießen Peggy und Astrid und zeigten weder Brust noch Bein. Gekleidet wie im tiefsten Winter. Die beiden Begleiter hatten Basketballergröße, versanken aber schlapp im schwarzen Ledersofa. Keith' Freundin war wie ausgewechselt. Sie kicherte, zündete gefärbte Kerzen an. Sogar einen Hauch Lippenstift hatte sie riskiert. Es wurde über Prüfungen und Mensagerichte gesprochen. Keith schien sich bestens auszukennen, jedenfalls tat er so. Verzog den Mund, wenn bestimmte Professorennamen fielen, nickte bei Abkürzungen aus dem Studentenleben: ZPO, HRG.

TSV, sagte ich, BVB 08.

Alle außer mir knabberten Gebäck und tranken Tee. Keith' Freundin brachte das Gespräch auf den geplanten Sommerurlaub. Cornwall, England.

Ich bin am liebsten zu Hause, sagte ich.

Einer der beiden Basketballer knallte drei Reiseführer auf den Glastisch. Es klang wie eine Drohung. Keith warf mir gelegentlich einen Satzhappen zu, ohne auf eine Antwort zu warten. Plötzlich rief er: Gleich sechs! Zeit für *Ran* auf SAT 1.

Fußball? fragten Peggy und Astrid verschnupft.

In meinem Lokal wurde immer die *Sportschau* eingeschaltet, zur Not auch mal das *Aktuelle Sportstudio* spätabends. Keith wußte das ganz genau. Mit den Rechenschiebern und Fußballingenieuren von SAT 1 wollte ich nichts zu tun haben. Das war der siebenhundertdreiundzwanzigste indirekte Freistoß gegen den SC Freiburg, seit die Mannschaft in der Bundesliga spielt. Dieser Fehlpaß ist der fünfmillionen dreihundertachtundvierzigtausend fünfhundertneunzehnte in der Vereinsgeschichte des FC St. Pauli. Und nach jedem Kopfball zehn Minuten Werbung.

Ich will das nicht sehn, sagte ich.

Jetzt zier dich nicht so! sagte Keith.

Lassen Sie sich nicht stören, sagte ein Basketballer.

Mein Vater kuckt das auch immer, sagte Peggy.

Selbst Keith' Freundin lächelte mir aufmunternd zu. Sie wollten mich loswerden wie einen lästigen Pflegefall. Keith' Freundin blies die Kerzen aus, lud Teetassen und Gebäck auf ein Tablett, alle stürmten in die Küche. Wenn die Sendung aus ist, kannst du ja nachkommen, rief Keith.

Der Moderator war ein forscher Schnösel mit einem hinterhältigen Strebergesicht. Weil eine Mannschaft unglücklich verloren hatte, redete er von Krise und Trainerrausschmiß. Wenn der gewagt hätte, einen Fuß in mein Lokal zu setzen, hätte der sofort Hausverbot bekommen. Ich zog meinen Mantel, die Schuhe an, dabei fiel mir ein, daß ich in der letzten Stunde vergessen hatte, meine löchrigen Strümpfe zu verstecken.

Der Taxifahrer, der mich zum Ehrenfelder Bahnhof fuhr, redete unanständig über anständige Oberweiten. Traurig atmete ich auf.

Obwohl Keith mir nichts mehr zu sagen hatte, hat er diesem Heiduck das Wort entzogen, zu spät allerdings. Daß er es war, der das Geschwätz abwürgte, daran besteht für mich kein Zweifel. Wahrscheinlich saß Keith in seinem Büro, mit

Schreibkram oder einem Telefongespräch beschäftigt, und achtete anfangs gar nicht auf das, was da gesagt wurde. Oder er drückte erst ein paar Minuten nach Beginn der Sendung auf einen Knopf, betätigte einen Schalter, um das laufende Programm mithören zu können. Keine Ahnung, wie das technisch abläuft, ich war noch nie in einem Sender. Allmählich ist Keith aufmerksam geworden: Heiducks unnachgiebiger Ton, dieser gerechte Zorn, der seine Stimme zittern ließ, muß ihn hellhörig gemacht haben. Die kalte Wut, in die sich der Sprecher hineinsteigerte, die Sätze ohne Punkt und Komma. Wie einer, der auf dem Schulhof immer verhöhnt wurde und der jetzt, da er am längeren Hebel saß, zurückschlug, gnadenlos abrechnete. Nach Tausenden Nächten, in denen er zähneknirschend auf die Stunde X gewartet hatte, war er endlich am Ziel.

Keith hat zugehört und hin- und herüberlegt; nein, schnellentschlossen ins Studio zu rennen und dem Kerl das Mikrofon vom Maul zu reißen, so etwas lag ihm nicht. Er hatte so eine bedächtige Art, brauchte Anlaufzeit. Aber dann hat er es getan. Man hörte, wie Heiduck einen Schrei ausstieß. Überrascht, ungläubig, auf keinen Fall wütend. Keuchen und Würgelaute, darauf lautes Rauschen. Zwanzig, fünfundzwanzig Sekunden lang war Sendepause. Schließlich spielten sie einen alten Schlager. *Ein Bett im Kornfeld.*

Zwei Wochen nach dem Lindauer Pokalpech und drei Tage vor der Bürgerversammlung hatte ich morgens gegen neun in meiner Küche gesessen, unausgeschlafen, am Kinn eine Wunde vom Rasieren, die nicht aufhören wollte zu bluten. Ich war nicht allein. Rita war da. Sie war die ganze Nacht dagewesen. Im Radio fast nur Werbung, die Händler machten mobil, Adventszeit. Ich drückte zerknülltes Zeitungspapier auf mein Kinn, blickte stumm aus dem Fenster, sah dem Briefträger bei der Arbeit zu. Ritas Angewohnheit, ihre Zigaretten im nur zur Hälfte verspeisten Frühstücksei auszudrücken, ging mir auf die Nerven. Was denkst du? fragte sie zu allem Überfluß.

Geht dich nichts an, sagte ich.

Im Radio hatten sie wieder einen Umweltsünder am Kragen. Weiß nicht mehr genau, was er verbrochen hatte, vielleicht einen verdorrten Grashalm angepinkelt. Der ihn verpfiffen hatte, ein Z. aus B., kriegte ein dickes Lob und durfte sich einen Musiktitel wünschen.

Soll ich gehn? fragte Rita.

Mir egal, sagte ich. Ein Wortbeitrag wurde angekündigt, ziemlich feierlich.

Rita gähnte gereizt und zündete sich eine neue

Zigarette an, die vierte an diesem Morgen. *Ich habe an Ort und Stelle genauestens recherchiert, unterstützt von meinen Studenten.* Meine Hände hobelten über den Tisch. *Das Städtchen Tetschen war bei Kriegsende nahezu unzerstört, der Fährverkehr zum egenüberliegenden Nachbarort weitgehend intakt.* Ritas Zigarette verzischte im matschigen Eigrau.

Laß das! schrie ich. Geh ins Bad, zieh dich an! Du siehst aus wie eine —

Für ihn war der Krieg ein Winnetou-Spiel. Er hat aus Verbrechern Helden gemacht. Widerstandskämpfer! Er hat die Opfer des verbrecherischen Hitlerkriegs mit keinem Wort betrauert, sie im Gegenteil verhöhnt und —

Bis in die Nacht hinein hatte Rita mir von Kalle vorgeheult. Daß er sich, schwammig, versoffen und verfressen, nur noch im Morgengrauen aus dem Haus traue, um ein paar Zeitungen auszutragen. Den Rest des Tages verbrachte er vor dem Fernseher, alles in sich hineinstopfend, was ihm in die Finger kam. Das war mir nicht neu. Seit ich Kalle gefeuert hatte, nach drei Unentschieden in Folge gegen Rote-Laternen-Klubs, war sein verfettetes Sportlerherz nicht mal mehr für die Altherrenmannschaft zu gebrauchen. Der Mann, der das Ehrentor gegen Manchester United geschossen hatte, stand im Abseits.

Es hat dort nie einen Zoo gegeben. Ich goß Cognac in meinen kalten Kaffee, versuchte zu trinken, aber meine Kehle war wie zugeschnürt. *In der deutschen Wehrmacht hat es keinen Major Merck-Oldendorff gegeben.*

Was redet der da? fragte Rita. Um halb zwei hatte ich sie endlich im Bett gehabt. Während sie auf mir ritt, hatte ich plötzlich niesen müssen, unaufhörlich. Das Parfümzeug, das sie sich kurz zuvor hinter die Ohrläppchen getupft hatte, war mir äußerst schlecht bekommen.

Der Kölner Russe aus Orjechowo-Sujewo: reine Erfindung. Der Elefant im Wappen des Fußballvereins: eine Witzfigur. Der letzte deutsche Soldat im Kriegszustand: alles Lüge. Eine Lüge allerdings, die sehr viel über ihren Urheber verrät. Rita war aus dem Sattel gefallen vor Lachen, ich war geschrumpft wie ein Schneemann im Hochofen. *Unentschuldbar auch, was er unseren französischen Freunden Übles nachgeredet hat. Zugegeben, es hat sogenannte Hilfstruppen gegeben, jedoch —*

Meint der dich? fragte Rita.

Glotz mich nicht so an! schrie ich. Alles erstunken und erlogen!

Ja, sagte sie, sieht ganz danach aus.

Penetrant hat er seine angeblichen Heldentaten ausposaunt. Er hat fette Honorare für den Vortrag

seiner Lügenmärchen kassiert. Volkshochschulen,
Zeitungen und Zeitschriften sind ihm auf den Leim
gegangen, sogar der Westdeutsche Rundfunk —

Was ist jetzt los? rief Rita. Prügeln die sich, oder
was?

Das Telefon läutete. Hast du das gehört? fragte
Huppertz streng.

Zwei Spätzünder färbten den Neujahrshimmel
grün und rot. Blaulichter kreisten, plärrende Funk-
geräte. Die Schneewolken waren weitergezogen.
John schnarchte. Ich hielt mich müde an Huppertz'
Gewehr fest, Kopfschmerzen sägten. Gedämpftes
Scheinwerferlicht erleuchtete den Kiesweg vor dem
Bürgerzentrum. Auch im Tischtennisraum wurde
es schummrig wie in einer Kirche außerhalb der
Geschäftszeit. Unsichtbar hinter der Stacheldraht-
absperrung schrien welche gegen die Kälte an.
Schnitzler raus! Ausländer rein! Willi Havenith und
sein Harem. Mit tauben Fingerspitzen vergrößerte
ich die eisfreie Stelle im Bullauge. Atemdunst dicht
wie Zigarrenqualm. Auf dem Dach nieste jemand
unterdrückt. Ich streichelte das Gewehr.

Da kam Keith, die Hände tief in den Taschen seiner schwarzen Lederjacke vergraben, hölzerner
Schlenderschritt. Er blickte starr geradeaus. Der
hartgefrorene, mit Puderzucker bestreute Steinweg

knirschte in einer ungewohnten Tonart. Keith blieb stehen, griff sich an den Brillenbügel. Er las die Parole auf der angestrahlten Außenwand des Bürgerzentrums. *Der Kampf geht weiter! Kommando Leutnant von Schlütz.*

Keith lärmte auf der Treppe, vermutlich, um auf sich aufmerksam zu machen, einem Schreckschuß vorzubeugen. Stampfende Schritte, gekünsteltes Hüsteln, Ich-bin's-Rufe. Seine Stimme klang heiser, sylvesterwund. Er roch nach Partykeller.

Wieder mal Krieg spielen? sagte er vorwurfsvoll und mitleidig zugleich. Wieder mal als letzter von Bord gehn? Bist du eigentlich lebensmüde?

Erst nach dem Bundesligaaufstieg.

Du wirst noch nicht mal die nächste *Sportschau* erleben, wenn du nicht sofort aufhörst mit diesem Scheiß. Da draußen warten nicht nur fünf Fernsehsender auf dich. Da ist auch ne Hundertschaft ungeduldiger Jungs mit sehr nervösen Fingern. Gib auf, Hein! Du hast keine Chance. Genau wie damals die Deutschen beim 0:9 gegen England, neunzehnhundertacht.

Neunzehnhundertneun, sagte ich und lachte. Komm, sei gnädig. Sagen wir, wie beim 3:8 gegen Ungarn, vierundfünfzig bei der WM. Aber das Endspiel haben wir gewonnen!

Du hast ja auch gewonnen. Hast allen gezeigt,

was für'n toller Kerl du bist. War ne gute Show, Hein, ehrlich. Aber jetzt – Wer ist das denn? Keith zeigte auf die beiden Schlafenden.

Die Geiseln, John und George.

Und wo hast du Ringo und Paul versteckt?

Wen?

Schon gut. Was ist mit dem Sprengstoff? Hast du –

Nur Cognac. Und der ist schon verdunstet, wie man riechen kann. Die Flinte ist auch nicht geladen. Mein feiner Freund Huppertz hat sich geweigert, mir Munition zu geben.

Keith grinste. Dann kriegst du ja vielleicht Bewährung. Und wenn nicht, bring ich dir montags immer den *Kicker* vorbei.

Hört sich traumhaft an. Wieso bin ich nicht früher auf die Idee gekommen, Geiselgangster zu werden!

Keith' Zähne klapperten. Er kramte ein Feuerzeug aus einer Jackentasche, wärmte seine zitternden Hände über der Flamme. Ich zog meine schwarz-blaue Vereinsmütze über seine Ohren, zu meiner Überraschung sträubte er sich nicht. Er ließ es sogar geschehen, daß ich die Mütze glattstrich und kurz seine Wangen drückte.

Eins wollte ich dich immer schon mal fragen, sagte er. Das eine Tor, das einzige, das ich für die

227

Schülermannschaft je geschossen habe – hattest du den Torhüter bestochen?

Ich schwor auf den Vater, den Sohn, den Heiligen Geist, nahm auch noch die unbefleckte Jungfrau Maria dazu, verdarb es mir mit allen Heiligen.

Lügner, sagte Keith und verpaßte mir einen sanften Boxhieb gegen den Oberarm. Dann nahm er das Gewehr. Er wollte es aus dem Fenster werfen, als Zeichen der Aufgabe, der bedingungslosen Kapitulation.

Das habe ich nicht gewollt, sagte ich. Wiederholte es. George wachte auf, würgte, erbrach Cognac mit Bierschaum und fiel wieder in Ohnmacht. Auf der Treppe Rangeleien mit Fernsehleuten, die sich auf die Pressefreiheit beriefen. Zwei Belagerer hatten mir die Arme auf den Rücken gerissen, es knackte, ich spürte den Schmerz kaum. Ein dritter hielt hilflos Ullas Mantel, den hatte sie bei ihrem Eintreffen von sich geschleudert. Das Flugticket war herausgerutscht und schwamm in Georges Cognac-Bier-Pfütze.

Der, der Held des Tages hatte werden wollen, würde weder Orden noch Sonderurlaub kriegen. Er hatte sich verschätzt, nur die schwarz-blaue Mütze gesehen, die Hände ohne Zündschnur für zehn Kilo Dynamit.

In meinen Ohren war ein Dröhnen, obwohl Ulla, über Keith gebeugt, lautlos weinte, kein Schrei, kein Wimmern, kein Schnauben. Sie war immer noch eine begehrenswerte Frau, einundvierzig würde sie in diesem Jahr werden. Mit Tränen in den Augen starrte ich ihr in den Ausschnitt, bis mir jemand von der Sondereinheit die Faust mitten ins Gesicht schlug.